KB207851

성재

성결

현

학교
2015

후아끼

photo essay

후아유 _ 학교 2015 photo essay

초판 1쇄 발행 2015년 8월 10일 초판 3쇄 발행 2021년 2월 3일

지은이 KBS 〈후아유_학교 2015〉 제작팀   펴낸이 연준혁

출판부문장 이승현
편집 1본부 본부장 배민수
편집 3부서 부서장 오유미
디자인 함지현

펴낸곳 (주)위즈덤하우스 출판등록 2000년 5월 23일 제13-1071호
주소 경기도 고양시 일산동구 정발산로 43-20 센트럴프라자 6층
전화 031)936-4000 팩스 031)903-3891 홈페이지 www.wisdomhouse.co.kr

값 13,800원 ⓒ KBS 〈후아유_학교 2015〉 제작팀, 2015
ISBN 978-89-5913-950-7 03810

학교 2015

후아유

photo essay

KBS 〈후아유_학교 2015〉 제작팀 지음

김민정 김현정 임예진 극본 | 백상훈 김성윤 연출 | 임효선 사진

위즈덤하우스

contents

세강고 2학년 3반 출석부

한이안

공태광

박민준

권기태

성윤재

이진권

김민석

이승호

오우진

박아성

윤채현

조병규

고 은 별

강 소 영

차 송 주

이 시 진

조 해 나

권 은 수

최 효 은

지 하 윤

서 초 원

정 예 지

한 성 연

서 영 은

나도 비밀 하나 알려줄까?

내가 하는 말 아무것도 믿지 마.

나 완전 거짓말쟁이니까.

1.

비밀 한 나 알려줄까?

하이! 고은별.

널 이렇게 정신병원에서 만나니까 새롭네.

너의 싸가지는 하여간 인사를 받아쳐먹기만 하고 주는 적이 없지.

죽었니?

살았니?

넌 어디서부터 날아든 거야?

공태광. 넌 나랑 친했냐?

웃기지? 만나는 사람마다 제일 먼저 이렇게 물어봐야 해.

그때 병원에서 너 봤을 때처럼

나도 줄 타고 내려 가보고 싶다.

그럼 답답한 게 좀 시원해지려나?

네 사물함 문짝 날아간 거 내가 한 짓이야.

그때 너한테 욕먹을 만큼 먹었다.

그게 너랑 말 섞은 유일한 기억이고.

넌 날 사람 취급 안 했어.

저번에 네가 그랬지?

내가 너 사람 취급 안 했었다고.

우리 서로 말 섞어본 적도 없다고.

그럼 넌 나에 대해 아는 게 없겠네?

하나는 있지.

뭔데?

기억 상실증이잖아, 너!

그래, 맞아! 나도 너 모르고, 너도 나 모르고.

공평하네, 좋다!

나도 비밀 하나 알려줄까?

내가 하는 말 아무것도 믿지 마.

나 완전 거짓말쟁이니까.

나보다?

있잖아,

내 이름 고은별이다.

고은별! 괜찮아?

어.

그만해. 이 새끼들아아아!

고은별 다쳤잖아!

세 번째 결혼 발표한 엄마가 그러더라.

나 태어난 것도 결혼한 것도 다 실수라고.

아버지가 그랬어.

그래서 벌을 받고 있다고.

그럼 내가, 엄마가 아버지의 벌이란 걸까?

야! 넌 왜 남의 일에 끼어들어가지고.

많이 다쳤냐?

나 괜찮으니까, 신경 쓰지 마!

혹시 그거 안 괜찮으니까 신경 좀 쓰란 말이냐?

네가 하는 말은 다 거짓말이라며?

맘대로 생각해!

나 지금 되게 혼자 있고 싶거든!

누가 뭐래?

아이, 말귀 되게 못 알아먹네!

기억 상실 고은별.

왜 그렇게 불안해하는데?

아무한테도 말 못하는 비밀.

난 다 들어버렸다. 어쩔래?

너 나한테 물어볼게 참 많은 거 아는데. 참아줄래?

나 물어볼 거 없어!

나 아무것도 안 궁금해.

네 일에 관심 없거든!

근데 왜 자꾸 따라다니면서 귀찮게 하는데?

걱정돼서.

'있지. 은별아!
여덟 살 때 물 먹기 싫다며 징징대는 널 달래주는 게 시작이었어.
재력이나 부모 빽 없이 재능 하나로 살아남은
수영 천재인 나, 한이안이
세강고 체육 특기생으로 진학해
미친 듯이 물살을 헤엄치는 이유는 말이야.
바로 너 때문이야.
기억해, 고은별?
시시한 메달 말고 전국대회에서 처음 메달 따면
너 준다고 했던 거!'

한이안. 나 더 이상 어릴 때 은별이 아냐.
우리는 너무 컸고 많은 게 달라졌어.
이제 날 위해 네가 해줄 수 있는 건 없어!

'시크릿 노트 속에 감춰둔 나만의 비밀.
나의 쌍둥이 동생이 있어.
한이안, 너한테조차 말할 수 없는 사실이야.

또 다른 나. 쌍둥이 중 한 명이 사라진 거야.'

'내가 누구지?
나를 고은별이라 부르는 엄마,
나를 기억하는 사람들.
친구들, 그리고……'

내가 다섯 살 때 입양된 거라고?

맞아. 그런 거 아무 상관 없이 우린 둘도 없는 모녀였어.

나 참 행복한 애였구나. 좋다!

날 기억 못하는 거니? 모른 척하는 거니?

'미안한데 난 널 몰라.

빠른 걸음으로 너에게로부터 도망가고 싶을 뿐이야.'

'상관없어. 은별아.

한 발 물러나는 게 네 맘이면

한 발 다가서는 건 내 맘이니까.

기억 날 때까지 이거 안 풀어줄 거야.

빨리 원상 복구해라!

알았냐?'

'이안아. 한이안.

나 가끔 꿈을 꾸는데

그때, 그때 물속에서 내 손을 잡은 손.

나를 구해낸 사람.

어쩌면 네가 아닐까 생각해.

정말 너였니?

진짜 고은별은 그동안 어떻게.

어떤 사람으로 살아왔던 거니?

사라져버린 고은별.

네가 숨겨둔 비밀은 도대체 뭐니?'

누구 말 믿어야 할지 모르겠지?
잘 들어! 지금 네가 믿어야 할 사람,
다른 누구도 아냐!
고은별 너야!
너 싸가지 없고 가끔 재수 없고
패주고 싶을 만큼 미운 짓도 많이 하는데
겉으로 보이는 그게 다야.
사물함에 남의 물건 숨기는
그런 한심하고 치사한 짓 죽어도 못해!
정말? 나 믿어도 돼?
'지켜줄게.
네가 어떤 모습이든 곁에 있어줄게.
지금까지 그래왔던 것처럼!'

완전하지 않지만 기억을 찾은 것 같아.

나 아무것도 기억 못했던 시간이 많이 그리울 거야.

여기서 헤어지자.

2.

아무것도 기억하지

못했던 시간이 그리워

뭐하냐?

자냐?

전국대회에서 처음 딴 메달 너 주기로 한 약속!

그날 메달 따고 바로 통영 갔었는데

못 주고 그냥 왔어.

네가 많이 화가 나 있었거든.

기억 찾을 수 있게 내가 도와줄까?

아니!

나 기억하기 싫어? 은별아!

'언니. 알고 있었어?

한이안이 언니 많이 좋아했나봐.

한이안.

너에게만은 절대 나쁜 아이가 아니었길 바라.

날 믿어주는 널 위해서

엄마를 위해서

용기를 내야겠어.'

'언니. 나 정말 고은별로 살아도 돼?

항상 언니가 같이 있다고 믿을게.

언니 이름 부끄럽지 않게 열심히 살게!'

결석했더라. 아팠냐?

아니.

그럼 땡땡이?

웅!

너 고은별 맞냐?

......!

고은별. 고은별.

왜 대답이 없어?

여기서 만나자고 해서 놀랐다.

기억 난 거야?

저기, 내가 실종되기 전에

누군가에게 쫓긴다거나 괴롭힘 당한다는 얘기

너한테 한 적 없어?

뭔지 모르지만 무슨 일 생기면

바로 나한테 얘기해야 된다.

알겠냐?

응!

한이안! 나 기억 찾게 도와준댔지?

도와줘. 알아야겠어. 내가 어떤 애였는지.

나 진짜 예전의 고은별이 되고 싶어.

그래! 내가 네 기억 책임지고 찾아준다.

대신, 내 덕에 기억 찾으면 소원 하나 들어주기. 약속해!

좋아. 약속해!

너, 나 기억 안 나?

기억 안 나는데!

잠깐 사이 안 좋았던 친구가 있었는데

너랑 착각했어.

통영에 있을 때, 우리 학교에 유명한 왕따 하나 있었거든.

중학교 때까진 반장도 하고 잘나갔었는데

잘난 척하고 다니다가 한방에 훅 갔어.

사실 친구들끼리 장난 좀 칠 수 있는 건데

걔가 죽어버렸어. 그래서 말인데……

넌 죽었던 애가 살아 돌아올 수 있다고 생각해?

다른 사람 행세하면서 주변 사람 다 속이고.

그런 게 가능하다고 생각해?

알아보려고. 그 왕따 죽었는지 살았는지.

넌 친구가 죽었는데 거우 그런 생각밖에 못하니?

너 참 불쌍하다. 나도 해줄 얘기가 있어.

통영에 살았던 내 쌍둥이 여동생! 네가 말한 이은비!

여기 친구들은 아무도 몰라. 나도 얼마 전에 알아버렸거든.

친구들한테 괴롭힘 당하다가 죽었다는 소식 듣고

통영에 다녀왔는데, 너였구나? 나, 네가 한 짓 다 알고 있어.

너 어떻게 해줄까 앞으로 생각 좀 해봐야겠다.

죽을래, 너?

나 자는 데 방해하는 거 엄청 싫어하거든?

친구끼리 폭력 행사는 안 돼.

니들 이러지 말고 둘 다 까자.

고은별은 쌍둥이였다는 거 까고

강소영은 친구 괴롭히다가 강전 당한 거 까고.

어때? 완전 공평하지? 애들 모아놓고 내가 해줄까?

은별이한테 함부로 몰아붙이지 말란 말이야.

그리고 시작을 같이 했으면 끝도 같이 해야지!

난 궁금한 거 못 참거든?

너 은별이 만날 때 꼭 나 불러라. 알겠냐?

가자, 은별아.

네가 왜 은별이 집 쪽에서 나오냐?

오늘은 고은별 불러내지 마!

공태광! 너 뭐야?

은별이한테 내가 모르는 무슨 일 있어?

건 알 거 없고!

저 자식이!

'고은별, 나 너한테 할 말 있어 왔어.

근데 너 지금 누구랑 있는 거니?'

고은별, 잘 봐.
설렁설렁 하는 것 같지만
나 한이안 공을 감쪽같이 인터셉트해서 골 넣을 거야.
한이안 이겨 버리는 날 잘 지켜보라고.

은별에게 관심 꺼라.
너 따위한테 절대 공 안 빼앗겨.
내기 걸어도 좋아.
공태광한테는 절대 공 빼앗기지 않을 거야!

야! 공태광!

왜?

고은별 괴롭히지 마라!

내가? 네가 아니고?

사고 쳐서 다치게도 하지 말고!

나 고은별 안 괴롭히고 절대 다치게도 안 할 거야!

그러니까 신경 꺼라!

무슨 일 생기면 제일 먼저 나한테 얘기하라고 했잖아!

제발! 아무것도 묻지 마, 한이안!

너한테 말하고 싶지 않은 것도 있고

말할 수 없는 것도 있고

들키고 싶지 않은 것도 있으니까.

제발 아무것도 묻지 말아 달라고.

내가 그렇게 아무것도 아니야?

나한테 못할 말이 뭔데?

나한테까지 숨겨야 될 일이 뭔데?

말 몇 마디에 달라질 만큼

너랑 내가 그거밖에 안 돼?!

'파양 당해 보육원으로 돌아온 지 삼 일 만에
다정하게 말을 걸어줬던 유일한 사람.
그 아줌마의 목소리가, 그 품안이 너무 따뜻해서
아줌마가 만났던 아이가 은비 너란 사실을 말하지 못했어.
아니 말하기 싫었어.'

'하지만 은비 네가 불행한 모습을 상상하면 견딜 수 없었어.
너와 나의 자리를 원래대로 바꿔 놓을 수 있다면
그때 다섯 살의 나를 용서할 수 있을까?'

너 우리 은별이 맞지?

나쁜 계집애. 너 자꾸 엄마 속상하게 할래?

엄마 미치는 거 보고 싶어?

아니잖아. 너 왜 그래?

아니야, 아니야.

우리 은별이 살아 있어!

우리 은별이 죽은 거 아니야!

난 왜 아직도 네가 내 딸 같니.

아직도 내 눈에 네가 우리 은별이 같아.

그냥 우리 은별이로 살아주면 안 될까?

은별이가 너랑 나를 이어주려고 떠났나 생각도 들고

지금 너마저 이렇게 보내고 나면

내가 어떻게 살아갈 수 있을지 자신 없다.

우리, 너랑 나랑 보듬고 살자. 응?

완전하지 않지만 기억을 찾은 것 같아!

나 아무것도 기억 못했던 시간이 많이 그리울 거야.

여기서 헤어지자. 한이안.

한 명쯤은…… 있어도 되지 않냐?

네 진짜 이름 불러줄 사람.

그거 내가 하면 안 돼?

3.
새로운 나를
만나는 꿈

엄마 죽었을 때
내 가슴에 캐릭터 밴드 붙여주고
네가 안아줬잖아.
그때 이상하게 눈물이 뚝 그치더라.
미안해. 두 사람의 어린 시절을
한 사람만 기억하는 추억으로 만들어서.
몰라도 돼. 내가 다 말해주면 되니까.
근데 지겨워도 참아줘야 해.
십 년 치 얘기하려면 한참 걸려.

너, 내가 안 무섭니?

무서워?

내 얼굴만 봐도 벌벌 떨던 따순이 많이 컸네.

너도 참 안됐다.

많고 많은 학교 중에 왜 하필 세강고니?

나를 안 만났으면 아무 일 없었던 것처럼

새롭게 시작할 수 있었을 텐데.

너무 애쓰지 마! 안쓰러워서 못 보겠다.

나 전학 오던 날, 네 눈 보자마자 딱 알았거든.

아, 나는 망했구나 하던 그 표정!

필적 감정한다고?

나 내가 무슨 말을 해도

아무도 널 믿지 않게 만들 자신 있는데

괜찮겠어?

내 동생은 당하고만 있었는지 몰라도

난 아냐! 너 사람 잘못 봤어!

똑똑히 봐! 통영 이은비랑 고은별 글씨체야.

완전 똑같지?

아빠한테 부탁해서 감정 받아볼 생각이야!

이렇게 된 이상 네 말대로 둘 다 까야겠다. 그치?

그래야 공평하지!

그래, 받아!

나도 진짜 궁금하다.

근데 너희 둘 다 깠을 때 누가 더 불리할 거 같아?

자신 없어?

결과 나올 때까진 너도 조심해라!

고은별, 우리 땡땡이치자.

싫어, 안 돼.

나랑 같이 놀자.

너 미쳤어. 왜 이래?

한 명쯤은……

있어도 되지 않냐?

네 진짜 이름 불러줄 사람.

그거 내가 하면 안 돼?

내가 누군데?

내 이름이 뭔데?

너 고은별이잖아.

그러니까 진짜 고은별답게 굴어!

그렇게 죄인처럼 있지 말고.

네가 강소영 앞에서 쩔쩔매는 거 진짜 꼴 보기 싫거든!

내 일에 신경 쓰지 말라고 했지?

강소영이 네 뒷조사 같은 거 하고 다니고 있어.

언제까지 난 아니야 소리만 하고 있을 건데.

내가 도와줄게.
네가 고은별로 살 수 있게!

한이안!

왜?

나 자전거 체인 빠졌어!

어쩌라고?

나 자전거 체인 빠졌다고!

그래서?

난 너한테 못 가!

내가 못 가니까

네가 와주면 안 돼?

맛있냐?

아니, 별로!

맛없는데 이렇게 잘 먹어?

배고파서 억지로 먹는 거거든.

치! 너 눈물로 은근슬쩍 넘어가려고 하는데

힘들 때 성질만 부리지 말고, 나한테 얘길 하라고!

뭐든 다 이해해줄 수 있어?

어! 뭐든.

으이그. 야! 골고루 먹어!

운동하는 애가 당근을 골라내냐?

너 때문에 뺀 거야. 너 당근 싫어하잖아.

그래?

난 뭘 좋아했어? 뭘 싫어했고?

네가 좋아한 건 아이스크림은 바닐라, 커피는 라떼, 과일은 딸기.

그리고 싫어한 건 당근, 브로콜리, 건포도.

넌 나보다 날 더 잘 아네?

우리 아버지 다음으로 제일 많이 본 사람이 넌데

그럼 그 정도도 모르겠냐?

지금의 나는, 네가 아는 고은별이랑 많이 다르지만

그래도 우리 좋은 친구지?

너 하는 거 봐서.

근데 나 달라진 고은별이 더 좋을 때도 많아.

고등학교 올라가선 너 공부하고 나 시합 연습하느라
맘껏 같이 놀지 못했잖아.
근데 지금은 맘껏 거리 걸어 다니고
좋아하는 아이스크림 같이 먹으면서 데이트하고
너랑 스티커 사진도 찍고
맛있는 분식집 순례도 하고
공부보다 더 많은 것을 같이 할 수 있으니까
나, 기억을 잃은 네가 가끔 낯설고 서운하지만
새로운 고은별을 만나는 느낌이라 참 좋다.
'우리 사이에 웬지 모를 거리감이 생겼어.
다 알면서
억지로 숨기려 애쓰는
네 맘이 느껴져.
그 마음만큼 널 밀어내게 돼.
미안해. 미안해. 한이안.'

밥 안 먹고 뭐하냐?

그냥. 혼자 있고 싶어서.

재미도 없는 학교 확 때려치워버릴까?

나 학교 관두면 너 나 보고 싶어서 어떻게 할래?

예전에 나 왜 그렇게 너를 싫어했어?

한심하다며.

나랑 인사하는 시간조차 아깝다며.

왜? 지금 이러고 있는 시간도 아까워 죽겠냐?

아니. 지금 난 네가 왜 그러는지 알 거 같은데.

나도 미움 받기 싫어서 화도 내보고

참아도 보고 별짓 다해봤거든

너처럼.

공태광, 내 거짓말……

절대로 들키고 싶지 않은 사람이 있어.

그리고 전부 다 말해버리고 싶은 사람도 있다.

근데 그게 같은 사람이면 나 어떻게 해야 돼?

그냥 아무것도 하지 마라!

'일 년 전. 은별이 네가 물었지?
쌍둥이면 어떨 거 같냐고.
너랑 똑같이 생긴 애가 한 명 더 있어서
같이 학교 다니고, 너랑 셋이 재밌게 놀고
그랬으면 좋겠다고.
난 엄청 피곤할 거 같다고만 했었는데
기억을 잃은 은별이가
정말 너의 쌍둥이 동생인 거니?'

너 자꾸 전화 안 받을래?

오늘 아빠랑 무지 싸웠다.

너 아니? 나 아빠 재단 사람들 초대될 때마다

몇 시간씩 방에 처박혀 게임만 해야 하거든.

무지 짜증났는데 너 생각났단 말이야.

전화 받으라고 고은별.

네가 전화 받아야 기분 풀릴 것 같단 말이야.

너 언제부터 그렇게 고은별한테 관심이 많았냐?

그러게. 예전의 고은별은

나랑 눈도 한번 안 마주치던 애였는데. 그치?

무슨 뜻이야?

지금의 고은별한텐

너보다 내가 더 필요할지도 모른다는 뜻!

야, 이 새끼야. 쓸데없는 소리하지 마!

예전이랑 지금 고은별이 다른 사람이라도 된다는 거야?

왜 내가 하던 짓을 하고 그러냐! 안 어울리게.

뒤돌아서 날 보면

　　뭐든 말해줄 수 있고 뭐든 들어줄 수 있는데.

뒤돌아서 나한테 오면

　　내가 뭐든 해줄 수 있는데.

4.

지금은 감다.

모을 만큼 반갖

'언니는 왜
위협하는 친구 얼굴을 보게 될까봐 두려워한 거야?
엄마에게 말을 할 수도, 소리 내어 울 수도 없다고
스스로 벌을 받아 마땅한 아이라고 생각했어? 왜?
일 년 전 죽은 정수인의 메시지는 도대체 뭐야?'

서영은에게 협박한 사실을 인정합니다.

제가 아는, 세상에서 가장 무서운 말.

"이제 나 너랑 친구 안 해!"

많이도 필요 없이 딱 한 명이면 되는데

영은이를 두렵게 만들고 협박한 것.

저 고은별이 맞습니다.

내가 맨날 돈 주고 사는 건 뭐야?

밥? 영화표? 친구? 아니면 시간?

무슨 뜻이야?

맞네! 돈 쓰는 동안만 내 옆에 있어주는 사람들의 시간

난 내 십 분도 너한테 팔기 싫어.

너희들이 언제부터 날 같은 반 친구라고 생각했어?

평소엔 투명인간 취급하다가

어쩌다 한 번 같이 갈래, 물어보는 거!

돈 내란 뜻이잖아.

정말 나랑 같이 가고 싶단 게 아니라!

같이 갈래, 물어보면 싫다고 하라고?

같이 갈래, 그 말 들으려고 내가 얼마나 많은 노력을 하는데.

너희들은 전부 내가 아니라, 돈이 필요한 거 뻔히 알면서도

난 싫다는 말 못해! 왠지 알아? 싫지 않으니까!

그렇게라도 친구가 있었으면 좋겠으니까!

"마음에 박힌 가시를 빼주는 것은
전구의 손 밖에 없다 !!

0콩은아 ! 내 곤 잡아줄거지 ?

- 은별 -

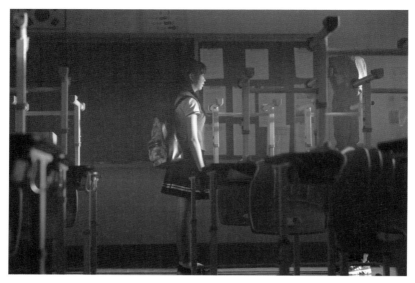

도와줘.

너도 한번 느껴봐.

이 어둡고 차가운 교실에 혼자 버려진 기분.

정수인이 죽던 날 너 뭐했니?

네가 외면해버려서

혼자 외롭게 죽은 아일 보는 기분이 어땠냐고?

엄마, 나 무서워.

아무도 없어요? 거기 누구 없어요?

제발 도와주세요. 도와주세요.

하지도 않은 잘못 덮어쓰는 기분 한번 느껴봐!

네가 한 짓도 아닌데 아무도 네 말 들어주지 않고

믿어주지도 않을 때 얼마나 아픈지!

이제 네가 뭐든 상관없어!

너 밟아버릴 거야!

폭력을 폭력으로 응징하는 건 하수지.

그래! 어디 네가 할 수 있는 거 다 해봐!

이걸로 너 이은비인 거 까면, 나도 끝인 거 다 알아.

그러니까 네가 선택해.

소중한 친구들한테 상처주면서 둘 다 까고 같이 꺼지든지

아님 너 혼자 조용히 전학 가든지.

무슨 흉터지?

열 살 때 두발 자전거 배우면서…….

열 살 때? 너 기억 돌아온 거야?

야, 근데 틀렸어.

자전거는 중학교 때 내가 가르쳐줬잖아?!

나 너한테 할 말 있어, 이안아.

나 사실은 기억 돌아온 지 한참 됐어.

고은별, 생각나?

그때 너 기억 돌아오면 내 소원 하나 들어주기로 약속했던 거.

너 기억 찾았으니까 나 소원 말해도 되지?

지금부터 내가 하는 말에 무조건 맞다고 대답해라!

너 고은별 맞지?

……

울지 말고 대답해. 너 고은별 맞지?

미안해. 정말, 미안해.

미안해가 아니라 맞다고 대답하라고!

응?

가자!

공태광! 그 손 놔라!

가자! 이은비.

그 손 놓으라고 했다!

공태광!

내가 아무것도 하지 말랬지?

아니! 나 말해야 돼. 다 말할 거야.

한이안! 나 고은별 아니야.

아니! 아무래도 내가 뭔가 착각한 거 같으니까

나중에, 나중에 다시 얘기하자.

기억 잃은 동안, 태어나서 처음 받아본 사랑이

너무 따뜻하고 좋아서 잘못된 선택을 했었던 것 같아.

그땐 너한테 이렇게까지 큰 상처를 주게 될지 몰랐어.

이미 너무 늦은 거 아는데

거짓말해서 정말 미안해.

나 네가 무슨 말을 하는 건지

아무것도 모르겠어.

생각할 시간이 좀 필요할 것 같다.

그래, 그러자.

시간이 필요해.

너에게, 나에게.

공태광. 너는 내가 밉지도 않냐?

그래서 어제 얘기는 잘 했냐?

응.

거짓말 들켜서 좋냐?

아니! 나 들키고 싶지 않은 마음이 조금 더 컸나봐.

야! 그만 말하고 먹기나 해.

그 죽었다는 왕따 피해자 말이야.

어떻게 생겼는지 궁금하지 않니?

내가 보여줄까?

그 왕따 피해자랑 똑같이 생긴 애가 이 반에 있어.

고은별이 아직 기억이 돌아오지 않았으니까 내가 대신 얘기할게.

여기서 나보다 얘 잘 아는 사람 있어?

고은별이 너희들한테 말하지 못한 게 있어.

다섯 살 때 지금 엄마한테 입양됐고

쌍둥이 동생이 있다는 사실을 최근에 알게 됐어.

너희가 본 그 기사의 피해자가 바로 얘 동생이야.

야, 강소영! 말 돌리지 말고 대답해.

네가 죽게 만든 통영의 이은비, 고은별 동생 맞냐? 틀리냐?

이은비라고 우기려니 죽은 게 고은별이 되고

고은별이 너 땜에 죽었다고 하면 일이 훨씬 커질 거 같고

고민되겠다?

이은비 안 죽었거든?

통영의 이은비! 안 죽었어!

너 은별이 궁금해서 온 거지?

이전 학교에서 그런 몹쓸 생각까지 할 만큼

끔찍하게 괴롭히던 애가 있었나 보더라.

아직 어린 애가 너무 힘들게 사는 게 가슴 아프기도 하고

그때 그 애도 나도 서로 맘 붙일 곳이 우리 둘뿐이었어.

근데 내 욕심에 무작정 붙잡아놓고

정신 차려 보니 가슴이 덜컹하더라.

아무리 사랑을 준다한들,

다른 사람으로 사는 게 마음 편하겠니?

그래서 곧 이사도 하고 전학도 시키려고.

그때까지만 모른 척해줄 수 있지?

은별이 아닌 은비란 애를 어떻게 봐야 하지?

나 어떡해야 해 은별아.

내가 올 때마다 내 가슴에 캐릭터 밴드 붙여주던 너잖아.

그런 네가 없어.

아프고 눈물 날 때마다 이제 나 어떻게 하냐.

은별아.

너랑 네 동생 은비와 나.

어쩌면 함께 만날 운명이었는지 몰라.

엄마.

은……별이?

너, 은별이니?

엄마!

다친 데는, 아픈 데는 없어?

나 괜찮아.

얼굴이 이게 뭐야!

미안해, 엄마.

어떻게 그래? 이 나쁜 계집애!

죽었는지 살았는지, 엄마한테 연락은 했어야지.

잘못했어, 엄마.

나 엄마 보니까 너무 좋아.

어릴 때 맨 처음 엄마가 만났던 아이, 내가 아니라 은비잖아.

통영으로 수학여행 갔을 때 은비 힘들게 사는 거 알고 너무 힘들었어.

모든 게 내 탓이라는 생각 때문에

아무것도 할 수 없었어.

은비가 물속으로 뛰어드는 순간에도 다가갈 수도

아무렇지 않게 수인이가 죽은 학교로 돌아갈 수도

모든 걸 제자리로 돌려놓기 전엔

수인이, 은비만큼 나도 불행해져야 마땅하다

그 생각뿐이었어.

소망의 집에서
맨 처음 내가 솔직하지 못했던 때로
시간을 되돌려 놓았다고 믿으니까
맘이 편안해졌어.
하지만 가시를 빼지 않으면
상처는 결국 또 덧나고 만다는 사실을
알게 됐어.

이 시간에 갑자기 무슨 일이야?

야! 내가 너 보자는데 꼭 무슨 이유가 있어야 돼?

너, 뭐야?

수학여행 때 너랑 헤어지고

마음에 많이 걸렸어.

그때는 다른 사람까지 생각할 거를이 없었어.

미안.

그거 다 풀릴 때까지 까불지도 않고

짜증내거나 너 때리지도 않을게.

진짜 약속!

고은별.

그래, 나 맞아. 오랜만이다. 한이안.

넌 항상 이런 식이지.

네가 죽었다고 생각했을 때 내 마음이 어떨지

죽은 줄 알았던 네가 이렇게 아무렇지 않은 얼굴로

눈앞에 나타났을 때 또 어떨지

너 한 번도 생각해본 적 없지?

너야말로 뭘 이렇게까지 화를 내는데?

내가 널 걱정했던 마음이

필요 이상으로 너무 커서

그래서 이런다고 해두자.

너 무사히 돌아온 거

정말 고맙고, 기쁘고, 다행인데

편하게 웃어주지 못해서 미안하다.

난 끝까지 지킬 거거든.

어떤 사람을 미워하는 힘보다

좋아하는 사람을 지키려는 힘이

훨씬 세다고 믿으니까.

5.

마지막까지

알고 싶지 않은 것

공태광! 왜?

내 전화 안 받기에

수신거부 해놨나 확인해봤다.

그럴 리가 있나?

강소영, 신났던데? 너 떠난다고.

응. 내가 걔 먼저 치워놓고 떠나겠다고 했어.

그럼 강소영 얼른 보내버려야겠네.

그래야 이 얼굴 그만 보지.

야! 너 진짜 아픈 거 맞아? 꾀병 아냐?

자꾸 말 시키지 말고 가서 수업이나 들어.

야, 나도 아프거든!

기억 나냐?

하이? 고은별.

하이? 고은별.

다시 할까, 인사?

하이? 이은비.

고마워, 공태광.

이거 뭐냐?

핸드폰.

휴대폰.

이 신발이 무슨 색이냐?

검은색.

까만색.

봐 상관없지?

뭐라 부르건.

너도 그래.

네가 이은비든, 고은별이든 상관없어.

그러니 내 앞에선 아무나 해.

네가 하고 싶은 대로.

너 바보냐?

누가 반가워한다고 자꾸 여길 오는데?

한이안.

내 이름도 부르지 말고

내 눈앞에 나타나지도 말라고!

너 내가 불쌍해?

아니면 여태까지 나 속인 거 미안해서 이러냐?

'오지 말라고.

안타까워하는 너 보면 계속 화만 내고 싶어.

미안해하는 너 보면 더 못되게 굴고 싶어진단 말이야.

은별아. 너랑 오랜 시간을 보냈는데도

낯선 감정이 이렇게 쉽게 온다.

그러고 싶지 않아.

너랑 멀어지고 싶지 않은데…….'

한이안이 그렇게 걱정되냐?

나 때문에 다쳤는데 그럼 모른 척해?

내가 있을 테니까, 너 가.

내가 여기 있고 싶어서 그래.

나 기다릴까? 너 나올 때까지?

나 너 우는 거 몰라.

응, 응.

나 지금 저 멀리 하늘 보고 있다.

응, 응.

너를 뭐라 불러야 될지도 모르겠고

네 얼굴 보는 것도 괴롭고

그런 내가 한심해서 돌아버릴 것 같아.

나 다 털어놓으면 너랑 이렇게 될 줄 알았었나봐.

그래서 하루만 더 하루만 더 모른 척하고 싶었나봐.

그래. 나 너한테 미안하고 너 보면 불쌍해 죽겠어.

너한테 오는 거 그것 때문은 아냐.

지금 아니면 앞으로 네 옆에 있을 수 없으니까

그러니까 네가 좀 봐주라.

가위바위보 한번 할래?

싫어.

그럼 묵찌빠.

것도 싫어. 왜냐?

으이씨. 야! 내기 한번 하자는데 애 어른이 어디 있냐?

무슨 내긴데?

내가 이기면 버스 타고 종점에서 종점까지 한 바퀴 돌기.

내가 이기면?

두 바퀴 돌기.

뭐야, 똑같잖아.

'태광아, 너 때문에 내가 웃는다.

이렇게 웃을 수 있다니

나 조금 행복하다고 느껴져.'

넌 나랑 좋은 기억 하나도 없어?

난 여기 와서 정말 행복했어.

너도 그중 하나야!

강소영! 너 여기서 언제까지 버틸 거니?

너 가고 나서도 쭉!

네 뜻대로 안 될걸? 난 끝까지 지킬 거거든.

어떤 사람을 미워하는 힘보다

좋아하는 사람을 지키려는 힘이

훨씬 세다고 믿으니까.

거짓말을 하고 나서
그걸 바로잡는 거 진짜 힘든 일이다.
많은 것을 잃을 수도 있고
사람들의 손가락질을 받을지도 몰라.
하지만 그렇다고 해서 모른 척 외면해버리면
바로잡는 길은 더 멀어지고
결국 비겁해지는 쪽을 택하게 돼.
지나간 일이 없던 일이 되지도 않고.
다 잘못되고 끝난 것 같아도
조금만 용기를 내면
다시 제대로 된 길로 돌아올 수 있어.
너희들 나이엔 그래.
용기내줘서 고맙다. 괜찮겠니?
엄마를 설득할 자신은 없어요.
그래도 선생님 말씀대로, 잘못된 길인 걸 알면서
계속 그리로 가는 짓은 안 하려고요.
나중엔 잘못 왔다는 것도
잊어버리고 살면 어떡해요.

누구나 순간적인 판단 착오로 잘못을 저지를 수 있다.

하지만 노트북을 포맷한 친구는

자신의 수행평가점수가 0점이 되는 걸 감수하고

용기 있게 모든 진실을 밝혔다.

너희들에게 아무런 피해가 가지 않도록

늦기 전에 잘못을 바로잡았다는 거 잊지 말아주기 바란다.

너희들에게 용서를 강요할 순 없다는 걸 안다.

근데 민준이가 점수를 잃었을지언정

마지막까지 잃고 싶지 않았던 것!

그중 하나가 바로 너희들 친구란 걸

잊지 말았으면 한다.

정말 미안하다. 비겁한 짓 해서
그리고 더 일찍 말하지 못해서.
내가 지금 얼마나 부끄러운지. 얼마나 후회되는지
이 마음 절대로 잊지 않고 살게.

너 코치님이랑 하는 얘기 다 들었어.

왜 병원 안 가는 거야. 어?

네가 그걸 왜 신경 쓰는데.

너 나랑 아무 상관없는 사람이야. 잊었어?

친구였잖아. 은별이랑도 오랜 친구였고.

은별이가 된 나 은비와도 짧은 시간, 친구였잖아.

아니. 나 은별이 친구 아냐.

친구 아니었다고? 친구 아니면?

…….

친구 아니면? 응?

샘, 고민 있어요?

넌?

서로 하나씩 얘기할까요?

그럴까?

내 손에 흙이 잔뜩 묻어 있어.

옆에 넘어진 친구는 깨끗한 손을 하고 있는데,

내가 그 손을 잡아 일으켜줄 자격이 있을까?

손잡아주는 데 무슨 자격?

잡고 가서 같이 씻으면 되는데.

'저렇게 힘 빠져 걷지 말라고 했는데도
울기나 하고, 속상해나 하고.
뒤돌아서 날 보면 뭐든 말해줄 수 있고
뭐든 들어줄 수 있는데.
뒤돌아서 나한테 오면
내가 뭐든 해줄 수 있는데.'

고은별!

야! 너 우산 있잖아!

이왕 핀 거 같이 좀 쓰자!

같이 가자 고은별.

죽고 싶었던 순간에

사실은

내가 얼마나 그 물속에서 벗어나고 싶었는지

얼마나 다시 살고 싶었는지

기억이 돌아온 후에야 알았어.

그래서 물이 제일 무서워졌어.

그리고 너 만날 때마다 감사했어.

살아 있어서 다행이라고.

나…… 너 망가지는 거 더 못 봐.

너도 물이 무섭니? 그런 거 아니잖아.

너에겐 꿈이고 희망이고 전부잖아.

수영장 주변만 빙빙 맴돌다 돌아가고.

여기 있으면 안 되는 사람처럼

많은 기대에 버거워서 떨쳐버리고 싶은 것처럼

약하게 비겁하게 물러서 있지 말란 말이야!

저 수인이한테 사과하고 싶어요.

일 년 전 그날.

책상에 엎드려 있던 수인이 어깨에 손을 댔던

그때부터 내내 수인이가 절 따라다녔거든요.

학교에서도 길에서도 집에서도 늘 그 애가 있었어요.

반 아이들이 그 애를 보듯 절 볼까봐 겁나고 싫어서

그래서 그냥 쉬운 자리에 서 있었어요.

외면하고 모른 척하면 되는 자리.

아무리 후회해도 그때로 다시는 돌아갈 수 없겠지만

그래도 모든 진실을 밝히고 싶어요.

'수인아.

애들과 점점 멀어지고 무기력해지는 널

모른 척했어, 내가.

혼자가 되고 외롭고 사람들의 시선에 눌려

학교 생활이 무서워진 널

난 상관없다고, 무시해도 된다고 생각했어.

아프냐고, 괜찮냐고 아무도 물어보지 않던 사소한 질문.

나만이라도 다가가서 말을 걸어줬다면

넌 죽지 않았을까?

아니, 죽는 순간

아니 죽은 후라도 덜 외로웠을까?'

이은비.

처음 불러본다, 그치?

널 뭐라고 불러야 할지 몰라서 힘들었나봐.

내 얼굴 볼 때마다 힘든 거 알아.

얼른 예전의 한이안으로 돌아와.

나 어떻게든, 뭐든 도울게.

그게 내가 사라지는 일이라도!

받아. 이제 진짜 주인에게 돌려줘야지.

네가 한 약속이니까 네가 지켜!

나 재활훈련 시작했다.

진짜? 언니가 돌아왔으니

너 금방 일어나겠다 생각은 했는데.

이렇게 빠를 줄은 몰랐어.

너 볼 때마다 힘들었고

혼란스러워서 심한 말 했던 것도 사실이지만

네가 떠나면 좋다, 속 시원하다

내가 정말 그랬을 거 같아?

고마워. 나 이제 너 피하지 않을게.

아무 생각 안 하는데.

보고 있는데 뭘 생각하냐.

안 볼 때나 하는 거지.

190

공태광. 나 있잖아.

네가 무슨 말 할지 알아.

그래서 내가 할 말이 아무 소용없다는 것도 아는데

네가 좋아, 나는.

다 알아. 네 맘 다 아니까.

그래도 잠시 이렇게 있자.

상처 받아 나 아프다,
네가 필요하다 그럼 부담될까 아무 말 안 할래.
이렇게 너랑 있으면
편안하고 그냥 좋아.

서로 다른 이야기를 하면서도 통하는

뭔가에 같이 웃고 그렇게 우리 결국에 하나로 이어진,

하나가 되는 마음이 될 수 있기를.

6.
열어라,
우리에게!

왕따 당하는 친구 감싸다가 왕따가 된 은비랑
힘든 친구 모른 척하고 이리저리 도망 다니기 바빴던 나랑
둘 중에 누가 더 불행한 것 같아?
무언가를 위해 고통을 감수하고 당하는 사람보다
그 고통을 미루고 피했다고 느끼는 마음의 죄책감이
때론 더 힘들기도 하지.
스스로 당당할 수 있는
버틸 수 있는 용기마저 없다면
한순간 무너지기도 할 테니.
고은별. 많이 힘들었구나.
나한테 실망했지?
그전에 기대할 게 있었나, 한번 생각해볼게.
뭐? 그래도 너한테 다 털어놓고 나니까 속 시원하다.

197

야! 너 나 쳐다보지 마. 너무 똑같아서 이상해.

나도 그래!

언니. 물속에서 나 구해줘서 고마워.

됐어.

그리고 살아 있어줘서 더 고마워.

치.

이제 학교로 돌아가, 언니.
늦었지만 수인이랑 화해해.
너는?
난, 내 이름 찾을 거야.
이은비로도 할 수 있는 일이
아주 많다는 거 꼭 보여줄게.

너! 지금 꼭 옛날 고은별 같다.

잘 지냈어? 공태광.

나 고은별 맞아.

너 많이 변했다.

나한테 막 말 걸고, 이마에 손 대고.

고은별이라고? 진짜? 진짜 고은별이야?

얘기 들었어. 그동안 은비 많이 도와줬다고.

은비. 은비는 어딨어?

'은비.

너 내 허락 없이 아무데도 못 가.

너 어딨는지 내가 반드시 찾아낸다.

은비. 이은비.

내가 부르면 대답해.

대답해야 해.'

야, 이은비! 너 대체…….

공태광, 너 여기 어떻게 왔어?

결국 내가 여기까지 오게 만드니!

너 여기 어떻게 왔어?

인사도 없이! 말 한 마디도 없이 도망 가면 끝이냐고!

그런 거 아니거든. 아예 내려온 거 아니야.

야! 그걸 말이라고 하냐? 영영 온 거면 진짜 가만 안 두지!

이제 넌 어쩔 건데?

아직 모르겠어.

확실한 건 이제 내가 있을 자리가 어디든

선택은 내가 할 거란 거야.

좋아. 어딜 가든 말만 하고 가!

너 되게 고마운 친구야.

뭐가 고마운데?

네 앞에서는 거짓말 안 해도 됐던 거

언제나 내 편이 돼서 무식하게 도와줬던 거

많이 기다려줬던 거

나 웃게 해준 거.

그리고 고마운 것만큼

아니 그보다 더 많이 미안해.

너한테 나는 그런 사람이 못 되어줘서.

올 거지?

……

대답해. 올 거지, 이은비.

나 기다리는 거 선수인 거, 너 알지?

기다린다, 나.

이 늦은 시간에 학생이 포장마차로 선생을 불러내는 게
말이 되니?
심심한 학생과 놀아주는 것도 선생님이 해주실 일 아닌가?
자식. 이왕 만난 거 고민이나 하나씩 까볼까?
그러시던지요.
내가 지켜주지 못했던 제자가 있다.
이제라도 용기내서 진실을 밝히면
내 손으로 또 다른 제자에게서
아버지를 빼앗는 꼴이 돼.
한 아이의 상처를 보듬기 위해선
또 다른 아이에게 상처를 줄 수밖에 없단 얘기지.
두 아이 모두에게 선생님인 난 어떻게 해야 될까?
애초에 잘못한 그 학생 아버지가 문제죠.
근데요, 저라면 그 제자한테 이렇게 말하겠어요.
마지막으로 아버지를 한 번 설득해보라고.
더 늦기 전에, 다른 사람 손에 무너지기 전에.

아버지가 너무 미워서

아버지가 다 잃고 무너지면

제일 기뻐할 사람이 나일 거라고 생각했는데

무너뜨릴 방법을 손에 쥐고도 아무것도 할 수 없는

제 마음은 뭘까요?

아버지는 아세요?

이거, 아버지 마음대로 하세요.

아버지가 선택하시면, 그게 제 물음에 대한

대답이라고 생각할게요.

이 사건에서 벌을 받아야 할 사람은 납니다.
학교에서 학생이 죽은 사실을 덮으려 했던 것도 나고,
부검 감정서의 사망 추정 시각을 바꿔 위조한 것도
내가 단독으로 한 짓입니다.
김준석 선생은 침묵하지 않았어요.
진실을 밝히려는 시도를 할 때마다
제가 가진 권력과 직위를 이용해 철저히 막아왔습니다.

'아버지가 그러셨어.

나이답게 맘대로 하고 살라고.

욕심나면 갖고 뺏고 싶으면 뺏고

말실수 하더라도 하고 싶은 말 속 시원히 하고

부모님 속도 좀 썩히고

반항도 하고 사고도 치고 그래도 된다고.

우리, 그래도 되는 거야. 그치?'

그렇게 아프면 누구라도 불렀어야지.

안 불러도 왔잖아.

너 큰일 날 뻔했거든?

나 걱정했냐?

당연하지.

좋아하지도 않을 거면서.

그래서 가라고?

아니. 그래서 고맙다고.

아버지를 만나러 경찰서 유치장에 갔었어.

차마 문을 열고 들어가진 못했지만.

생일이 지나고 받은 엄마의 생일 선물

네가 내 대신 받아줘서 고마워.

나처럼 좋은 친구가 있다고 어머니 좋아하시던데.

너 친구도 없지?

나 이제 아버지도 엄마도 없는데

혼자 밥 먹기 싫으면

너 불러내서 괴롭힐 거야.

그래도 돼?

완쾌할 때까지는 봐줄게.

너 다 나은 거 아냐?

아니. 아직 열 하나도 안 떨어졌어.

네 몸은 네가 챙겨야지.

챙길 테니까

챙기는 거 체크해줄 사람이 필요하다고.

218

너 입맛 없단 것도 다 거짓말이지?

집에선 분명히 입맛이 없었거든.

못생긴 너랑 있으니

막 화나서 입맛이 살아난 것뿐이야.

내가 혼자 있을 때 시간 빨리 가는 법 알려줄까?

나한테 시간 빨리 가는 방법은

딱 하나밖에 없어.

뭔데?

너랑 있을 때!

너 얼굴 좀 빨개진 것 같다?

아니거든!

빨개졌는데 뭐.

아니라니까.

나만 보면 가슴 떨리고

호흡이 빨라지면서

혈액 순환이 마구마구 잘 되고

자꾸 그날 생각 하면서

얼굴 빨개지는 거 아닐까?

장난치지 마!

맞구먼! 그거였어.

나만 보면 그날 생각나는 거지.

아냐! 아니라고!

어, 너 또 빨개지고 더 빨개졌는데?

공태광, 아니야!

공태광! 너한테 더 늦기 전에

꼭 해야 될 말이 있어.

내가 그동안 너무 혼란스러워서

내 맘을 나도 정확히 모르겠어서

네 질문에 대답 못했던 게 있는데

난 이은비를 싫어했던 게 아니었어.

그때 혼란스럽고 내 맘을 나도 정확히 모르겠어서

화가 났던 건, 그 애를 싫어해서가 아니라

좋아했기 때문이더라고!

내가 뭘 봤든 뭘 들었든 상관없어!

네가 무슨 얘길 하든 무슨 욕을 하든 아무 상관없다고!

그래서 어쩌자는 건데?

아직 끝난 게 아니야.

난! 처음부터 이은비 말고

다른 건 아무 상관없었다!

하지만, 넌 아니잖아.

제대로 말할게. 난, 이제 시작이야!

양보 못해!

나도, 내 맘 확인하고 너한테 말한 이상 포기 못해!

핸드폰 줘!

우리 편하게 보기로 한 거 아니었어?

번호를 모르면 편하게 맘대로 만날 수 없으니까.

'은비야. 요즘 가슴 밑이 뭔가 단단해졌어.

뭐든 할 수 있을 거 같은, 해내서 보여주고 싶은,

지금은 너에게 이 말을 다 할 수 없어.

금메달 딸 때까지 기다려.

그리고 고은별.

네 말이 맞아.

우리는 컸고 많은 게 달라졌다, 그치?

내가 널 오래 좋아했었잖아.

네가 사라졌던 시간들, 죽었다고 생각한 시간들,

그 빈 시간들을 채워준 은비.

그 애를 좋아하게 됐다는 말

난 너에게 할 수 있을까.

그 말에 넌 뭐라고 말해줄까.

두렵기도 하고 떨리기도 해.'

일단 이렇게 갑자기 떠나게 돼서 미안하고

끝까지 함께하지 못해 정말 아쉽다.

마지막으로 잔소리 한 번 하자면

너희가 지나고 있는 이 시간,

참 외롭고 힘들고 뭐가 뭔지 모르겠고 그럴 거다.

근데, 다 괜찮다.

너희들은 아직 열여덟 살이니까.

실수한 것이 부끄러운 것이 아니라
실수를 인정하지 않는 것이
부끄러운 것이라는 선생님 말씀
잘 기억할게요, 선생님.

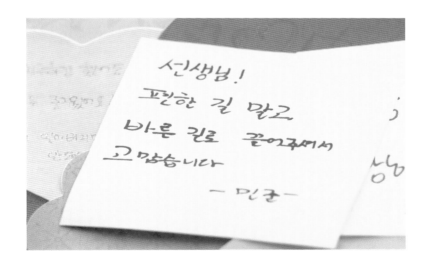

나 약속 지켰다, 고은별.

내가 전국대회에서 첫 금메달 따면 너 주기로 했었잖아.

기특하네. 그걸 기억하고!

고은별. 나 오늘 이별하러 온 거야.

나랑?

아니, 십 년 동안의 내 짝사랑!

나 정말 그때부터 쭉 네가 좋았었다.

한이안. 나도 네가 그냥 친구인지 그 이상인지

고민해본 적이 없었던 건 아냐.

233

알아. 네가 그런 고민 했다는 거.
그래서 오랫동안 기대하고 기다린 것도 사실이고.
하지만 머리로 고민하기 전에
마음은 이미 다 알고 있는 거더라고.
시간이 조금 지나서
내가 널 많이 좋아했었다는 생각이 들지도 몰라.
왜 진작 몰랐을까. 뒤늦게 후회하게 될지도 모르지.
십 년 동안 나만 봐주던 네가 옆에 없다는 게
어쩌다 문득 너무 슬퍼지더라도
그건 내 몫이야.
너의 짝사랑도 네 꺼야.

요즘 아침운동 안 나오더라.

자꾸 늦잠 자서.

기다렸는데.

나 더 오래도 기다릴 수 있어.

어, 나 내려야 돼.

같이 내릴까?

아님 조금만 더

같이 갈래?

'이렇게 나눠 낀 이어폰처럼

결국 하나의 줄로 이어지는 너와 내가 되었음 해.

서로 다른 곳을 보고 있으면서도 같은 음악을 듣고

음악 취향이 너무 달라 서로에게 투덜거리더라도

끝까지 그 음악을 들어주고

서로 다른 이야기를 하면서도 통하는 뭔가에 같이 웃고

그렇게 우리 결국에 하나로 이어진,

하나가 되는 마음이 될 수 있기를

난 간절히 바라. 은비야.'

내일이 지나면 정말 고은별이란 이름과 안녕이야.

마지막이란 거 맘에 들지 않지만

또 새로운 시작이니, 잘됐다 해줄게.

언니 이름으로 사는 동안

아무 노력 없이 얻은 것들이 참 많았어.

엄마, 선생님, 친구들의 사랑.

내가 고은별이란 이유만으로 너도 날 좋아해줬잖아.

여기 기억나?

당연하지. 우리 자주 왔던 데잖아.

여기는 너! 이은비랑은 처음 와본 곳이야.

있잖아. 은별이가 아닌
이은비와 처음 먹는 밥,
이은비와 처음 듣는 노래,
앞으론 전부 다 그럴 거야.
그러니까 새로 시작할 수 있게
너, 안 가면 안 돼?
아니면 그때 네가 불러줬을 때처럼
나 다시 한 번 너한테 가도 되냐?

그동안 거짓말해서 정말 미안해.

나는, 나는 이은비이고

통영에서 깨어났을 때 기억을 잃어서

내가 고은별이라 믿고 서울에 왔던 거야.

기억이 돌아왔을 땐

이미 되돌리기 힘들 만큼

많은 이들이 일어나 버려서

솔직하게 말할 수 없었어.

이유가 뭐든 너희들을 속인 건 미안해.

강소영! 난 왜 네 말이 진실이란 거 알고 나서

더더욱 너란 앨 이해할 수가 없을까?

너 정말 몰라?

애들이 거짓말한 고은별보다 여전히 너한테 냉정한 이유를?

넌 네가 제일 강하고 잘났다는 거 확인시켜줄 사람.

그게 필요해서 친구 사귀냐?

진심으로 너 위해서 하는 말인데

그렇게 살지 마라.

괜찮냐?

응! 이제 아무한테도 거짓말 안 해도 되니까, 좋아.

한이안!

해외에서 네 친구라고 자랑할 수 있게 잘 하고 있어.

난 이미 여덟 살 때부터

네 친구라 막 자랑하고 다녔거든.

나에 대해, 또 친구에 대해 참 많은 생각을 하게 됐어.

중요한 건 다른 사람 시선이 아니라

내 마음이란 거.

지금 내 마음은 내 꿈을 위해

더 많은 시간을 보내고 싶다는 거.

한이안, 내가 이제 와서 하는 말인데,

수영할 때만큼은 네가 최고야!

내가 늘 너 응원하는 거 알지?

2년 후에 만나도 넌 어제 만난 친구 같을 테니까.

이별 인사 같은 건 짧게!

아프지 마. 절대!

응! 너두.

나 언젠가부터 멈추는 방법을 잊어버린 것 같았거든.

근데 네 언니가 내 핸드폰 박살을 내서

고마울 지경이야.

핸드폰에 뭔가 남아 있었다면

내가 또 무슨 짓을 했을지 무섭다.

너한테 미안하단 말 같은 거 절대 안 할 거야.

한다고 용서해줄 것도 아니잖아?

용서한다고 이제 와서 나아질 것도 없고.

내가 너한테 줄 수 있는 위로는 딱 하나야.

내가 살아 있다는 거.

문득 잘못한 일을 깨달았을 때,

사과 받아줄 사람이 이미 이 세상에 없다는 거

너무 끔찍한 일 아니니?

나 잘 살아갈 거야.

언젠가 네 얘기를 전부 들어보고 싶은 날이 올지 모르지.

네가 진짜 나한테 진심으로 뭔가를 말하고 싶어질 때

내가 잘 살고 있다는 게

조금이라도 위로가 되길 바라.

믿으실지 모르겠지만

저…… 아버지 안 계신 집이 엄청 허전해요.

예전에는 아버지가 참 부끄럽고 싫다고 생각했는데

제 생각 틀려서 다행이에요.

아버지는 아버지 나름대로

학교 이사장으로서

지켜야 할 것들이 있었겠구나,

기특하게도 저 그렇게 믿겨졌어요.

난…… 지켜야 할 게 아주 많은 줄 알고 살아왔다.

그런데 마지막 순간에 내가 꼭 지켜야 할 것은

딱 하나라는 생각이 들더구나.

그게 너였다, 태광아.

안 보고 참으면서 살 수는 있지.

근데 좋아하는 걸 네 맘대로 관둘 수 없지 않냐?

참으면서 살 수는 있단 거네요?

하지만, 행복하진 않겠지.

맞아요. 죽을 만큼 참기 힘들고

행복하진 않아요.

넌 나랑 멀리 떨어지는 게
전혀 아무렇지도 않냐?
태광아!
나는 너를 보면 항상 고맙고 미안한 생각이 들어.
나도 너한테 받은 만큼
너한테 잘해주고 싶었는데······.
알았어. 내 질문에 답 안 해도 돼.
나는 그냥 지금 이대로도 충분해.

너 그 말 거짓말이잖아.

그래서 이 얘기 하는 거야.

나는, 네가 날 보는 마음처럼은

널 볼 수가 없어.

미안해.

너 나중에 틀림없이 나 차버린 거 후회할 거다.

사실 너처럼 내 맘도 끝내보겠다고 거짓말하려 했거든.

근데 그러기 싫어졌어.

아무리 생각해봐도

널 안 좋아하는 방법을 모르겠어.

그냥 이렇게 있을게, 나는.

넌 미안해 할 필요도 없고

아무것도 안 해도 되는데

그냥 내 마음…… 알고만 있으라고!

한이안. 나 너 좋아해.

그런데 지금은 내가 좋아하는 사람이 아니라

내가 누군지를 먼저 생각할 때인 것 같아.

그래서 네가, 그리고 다른 사람들이

있는 그대로의 나를 사랑하는구나 하고 느껴질 때

그때, 그 마음 받아들일 수 있을 것 같아.

열여덟 살.
꿈을 이루기에는 너무 이르지만
그 꿈이 시작되기엔 딱 좋은 나이.
넘어지는 것은 아프지만
백 번이고 다시 일어날 수 있는 방법을
배우기엔 딱 좋은 나이.

영원할 줄 알았던 사랑이
대학 입시라는 커다란 숙제 앞에서
당장 허무하게 끝이 난다고 해도,
우리는 열여덟 살이기 때문에
오늘이 이 세상 마지막 날인 것처럼
뜨겁게 사랑하고, 또 뜨겁게 미워할 수 있었다.

서툴고 상처 받기 쉬운 나이이기에
그 시절 누구보다 아프고 힘든 시간을 보내기도 하지만,
그럼에도 불구하고 오랜 시간이 흐른 후에
그땐 참 행복했었다고 말할 수 있는 것은
넘어져 있는 나를 향해 내밀어주는
누군가의 따뜻한 손.

더도 덜도 말고 딱 한 사람씩만
울고 있는 친구에게 다가가
손 내밀며 이렇게 말해준다면
나, 또 우리는 어떤 시련이 와도
이겨내지 못할 것이 없다.

"괜찮아, 아파도 돼.
넌 열여덟 살이니까."

괜찮아, 아파도 돼
넌 열여덟 살이니까

백상훈 연출

Q_ 학교물이자 KBS 대표 브랜드 〈학교〉 시리즈의 프로듀싱을 맡게 된 소감은?

A_ '학교'라는 단어에는 학교라는 물리적 공간과 더불어 선생님들과 학생들의 이미지와 소리, 냄새 등이 녹아 있어 아련한 향수를 자극합니다. 그렇기에 학교는 가장 보편적인 소재이자 가장 드라마적인 소재인 셈입니다. 〈학교〉시리즈들은 학교에서 벌어지는 학생과 선생님, 학부모 들의 진솔한 이야기를 다룸으로써 시청자들의 많은 공감과 사랑을 받아왔습니다.

그랬기에 〈후아유_학교 2015〉를 맡았을 때의 솔직한 첫 느낌은 부담 그 자체였습니다. 선배님들이 이루어온 〈학교〉라는 명성에 견줄 자신이 없었고 개인적으로는 암울했던 학창 시절의 기억들을 되짚어내기 싫었습니다.

그렇지만 드라마를 준비하면서 여러 학생들과 선생님들을 만나면서 조금씩 달라졌습니다. 학교 폭력을 당했거나 힘든 고민이 있는 친구들에게는 "괜찮아. 지금은 너무 힘들지만, 나중엔 웃을 수 있더라", 밝고 예쁜 꿈을 이루어 가는 친구들에게는 "너 참 예쁘다", 교직에서 고민하는 선생님들에게는 "그래 도 당신은 누군가의 선생님입니다" 같은 말들이 작가님들과 제 안에서 조금 씩 쌓여가면서 우리가 할 수 있는 학교 이야기가 있다는 걸 깨달았습니다.

그래서 용기를 내보았습니다. "넌 어떤 사람이니?"라고 물으면서 그들의 고민에 귀 기울이며 따뜻한 위로를 건네는 이야기를 해보고 싶었습니다. 그 래서 〈후아유_학교 2015〉는 과거 아픔에 웅크리고 있던 나 자신과 화해하 는 기회이자 나와 비슷한 고민을 하고 있는 아이들에게 괜찮다고 말해줄 수 있는 소중한 기회였습니다.

Q_ 첫 대본 리딩 후 분위기와 소감은 어땠나요?

A_ 어렵게 캐스팅을 마무리하고 첫 대본 리딩을 시작했을 때는 내심 걱정 이 앞섰습니다. 미스터리라는 장르가 낯설게 느껴졌고, 경험이 부족한 어린 친구들이 잘 해낼 수 있을까 우려도 많았으며 한 배우가 연기해야 하는 1인 2역은 역시나 어려웠습니다. 그렇지만 페이지가 넘어갈수록 성인 연기자들 의 능숙함과 어린 배우들의 신선함이 밸런스를 맞추어가면서 묘하게 설레 기 시작했습니다.

연기자들이 읽어내기 시작하면서 활자로만 존재하던 캐릭터들이 처음으 로 자신의 목소리를 얻었고 표정과 감정을 갖기 시작했습니다. 김소현 양이 읽어내는 학교 폭력의 피해자 은비의 모습에 안타까웠고, 엄마 역의 전미선 씨가 딸을 잃어 눈물 흘릴 때 같이 울었고, 조수향 양이 연기한 강소영의 나쁜 짓에 같이 분개하면서 남주혁 군과 육성재 군이 아닌 한이안과 공태광의 모습에 조금씩 빠져들기 시작했습니다.

대본 속에만 있던 캐릭터들이 배우를 통해 각자의 모습을 찾아가는 과정을 지켜보는 건 연출자로서 소중한 경험 중의 하나였습니다. 그렇게 1, 2회의 대본 리딩이 끝나자 많은 배우들이 3회의 내용과 은별의 생존, 수인의 정체를 궁금해 했고 그제야 내심 다행이라고 생각했습니다.

대본과 대본 속 캐릭터를 잘 살려준 배우들의 힘으로 드라마를 잘 마무리할 수 있었습니다. 지면을 빌어 각 캐릭터들을 너무나도 멋지게 연기해준 김소현, 남주혁, 육성재, 조수향을 비롯한 우리 2학년 3반 배우들과 전미선, 전노민, 이필모, 김정난 씨 등 모든 배우들에게 다시 한 번 감사를 드립니다.

Q _ 기존 〈학교〉 시리즈와 비교했을 때, 이번 시즌의 차별점이나 차이점은 무엇인가요?

A _ 최근에 〈학교 2013〉이 방송되었기에 이번 시즌은 정통 학교보다는 학교 시리즈의 새로운 변주에 좀 더 중점을 두었습니다. 처음 작가들과 세운 가이드라인은 크게 세 가지였습니다. 여성적인 이야기, 풋풋한 청춘의 멜로, 그리고 장르적 차별성. 이를 바탕으로 우리가 이야기할 수 있는 학교 이야기의 핵심은 무엇일까를 고민했습니다. 그 결과 현재 학교의 가장 큰 문제는 무관심이 아닐까라는 생각이 들었습니다. 그래서 기존의 학원물들이 학교 폭력의 가해자와 피해자의 이야기를 했던 것과 달리 우리 드라마는 학교 폭력의 주변인들, 즉 방관자들에 좀 더 초점을 맞추어 진행하기로 정했습니다.

학교 폭력의 가해자와 피해자인 강소영-이은비 라인으로 드라마를 구축

하고 방관자의 이야기인 고은별-정수인 사건을 미스터리의 축으로 세우면서 이야기를 만들었습니다. 이 둘의 이야기를 하나로 묶기 위해 쌍둥이라는 설정을 가져오게 되면서 지금의 〈후아유_학교 2015〉가 만들어지게 되었습니다.

Q _ 내가 가장 사랑하는 명장면은 어떤 장면인가요?

A _ 2회에서 기억상실증에 걸린 은비에게 이안이 다가가서 안아주는 장면은 청춘 멜로의 시작을 알리는 장면이었습니다. 이안이 긴 다리로 성큼성큼 다가가는 모습이 남자다워 좋았고 이안의 품에 안겨 당황하는 은비의 모습 역시 너무도 사랑스러웠습니다. 또 은비와 이안이 버스에 타서 문자를 주고받다가 이안이 장난치며 싱그럽게 웃어주는 장면은 그 후 수많은 버스 장면들의 원형이자 남주혁과 김소현을 청춘스타로 자리매김하게 만든 장면들이 아닐까 생각합니다.

태광이 은비의 정체를 알아챈 후 버스에서 "한 명쯤은 있어도 되지 않냐. 네 진짜 이름 불러줄 사람. 그거 내가 하면 안 돼"라고 말하는 장면은 수많은 시청자들을 설레게 하면서 공태광 팬덤을 만들어낸 잊지 못할 장면입니다. 그 이후 은비에게 마음을 고백하고 마지막 뒷모습을 보며 눈물 흘렸던 고백 장면까지 공태광은 장난스럽게 또 사랑스럽게 시청자들의 마음을 사로잡았습니다.

그 외에도 한이안이 차송주를 위로하면서 했던 대사들은 따뜻한 위로가 되어주었고, 이필모 씨가 분했던 김준석 선생님이 학교를 그만둘 때의 이별 장면 역시 오래오래 기억에 남을 장면들입니다. 이러한 장면들을 같이 만들어준 김성윤 감독님과 스태프들에게 특별한 고마움과 존경을 표합니다.

Q _ 촬영 현장, 잊히지 않는 순간이 있다면?

A _ 첫 촬영으로 은비가 소영의 무리에게 괴롭힘을 당하는 장면을 촬영했습니다. 그래야 괴롭힘을 당하는 아이의 마음을 제대로 표현할 수 있을 것 같았습니다. 추운 날씨에 계란 세례를 받고 밀가루를 뒤집어쓴 채 괴롭힘을 당하는 장면을 촬영하면서 김소현 양이 안쓰러우면서도 한편으로는 참 대견했습니다. 성인 연기자들도 난색을 표할 만큼 힘든 장면들이 많았는데, 제일 어린 친구가 제일 밝게 웃으며 성실히 연기에 임해주었습니다.

후반부에는 은비와 은별 두 배역을 동시에 연기하며 일반 장면보다 몇 배의 고생이 따르는 쌍둥이 장면을 찍어야 했습니다. 마지막 주 촬영을 하면서는 그 고생이 극에 달했는지, 태광과 은비의 이별 장면을 촬영하고 있는데 본인의 바스트 컷인 줄도 모르고 선 채 꾸벅 졸고 있었습니다. 본인 컷이라고 얘기했더니 그제야 잠에서 깨어나 바로 연기에 몰입하며 눈물을 흘리는 소현 양을 보면서 지금의 드라마 시스템이 참 가혹하고 이런 열악한 환경에서도 최선을 다하는 어린 배우가 너무도 크고 대견하게 느껴졌습니다. 이 미안함과 고마움은 평생 잊지 못할 것 같습니다.

Q _ 드라마 내용처럼 우리 시대, 힘들게 생활하고 있는 학생들에게 전하고 싶은 말이 있다면 무엇인가요?

A _ 우리가 이 드라마를 처음 기획하면서 만났던 아이들의 고민에 답하고 싶었던 말들이 있습니다. 그 말을 김민정 작가님이 16회 은비의 마지막 내레이션으로 써주셨습니다. 이 말이 힘든 시간을 보내는 친구들에게 조금이라도 위로가 되기를 바라며 옮겨 적어봅니다.

열여덟 살.

꿈을 이루기에는 너무 이르지만 그 꿈이 시작되기엔 딱 좋은 나이.

넘어지는 것은 아프지만, 백 번이고 다시 일어날 수 있는 방법을 배우기엔 딱 좋은 나이.

영원할 줄 알았던 사랑이 대학 입시라는 커다란 숙제 앞에서 당장 허무하게 끝이 난다고 해도, 우리는 열여덟 살이기 때문에 오늘이 이 세상 마지막 날인 것처럼 뜨겁게 사랑하고, 또 뜨겁게 미워할 수 있었다.

서툴고 상처 받기 쉬운 나이이기에 그 시절 누구보다 아프고 힘든 시간을 보내기도 하지만, 그럼에도 불구하고 오랜 시간이 흐른 후에 그땐 참 행복했었다고 말할 수 있는 것은 넘어져 있는 나를 향해 내밀어주는 누군가의 따뜻한 손.

더도 덜도 말고 딱 한 사람씩만 울고 있는 친구에게 다가가 손 내밀며 이렇게 말해준다면 나, 또 우리는 어떤 시련이 와도 이겨내지 못할 것이 없다.

"괜찮아. 아파도 돼.

넌 열여덟 살이니까."

Q _ 프로듀싱을 하면서 가장 만족스러웠던 부분과 가장 아쉬웠던 부분은 어떤 게 있을까요?

A_ 가장 만족스러웠던 부분은 캐스팅과 음악이 아닐까 생각합니다. 촉박하게 진행되면서 한 달이라는 시간 안에 드라마의 세팅을 마쳐야 하는 상황

이었지만 최대한 많은 배우들을 만나보려고 했고, 또 여러 번의 미팅을 통해서 배우의 다양한 느낌을 알고 싶었습니다.

10대 후반에서 20대 초반까지의 많은 배우들을 만났고 대본에서의 캐릭터와 제일 닮아 있는 배우들을 찾으려고 노력했습니다. 인지도와 연기력 등 여러 상황을 고려해야 했지만, 직접 만나서 이야기를 나누면서 '이 캐릭터는 이 사람의 것이구나'라는 느낌을 받는 게 제일 중요했습니다. 그렇게 캐스팅을 결정짓고 나니 캐스팅이 너무 신인 위주라는 걱정들이 많았지만 결과적으로는 가장 적합했던 캐스팅이라고 생각합니다.

드라마의 느낌을 음악이 잘 살려주었습니다. 힙합을 드라마 음악의 중심에 배치하는 모험을 했는데, 다행히 드라마의 감정을 배가시키면서도 많은 사람들의 사랑을 받아서 OST 전 곡이 차트에 오르는 인기를 누렸습니다.

가장 아쉬웠던 건 주변 캐릭터들을 충분히 살리지 못해서 미안하고 아쉬웠습니다. 2학년 3반 아이들 한 명 한 명, 선생님 한 분 한 분 속에 참 많은 이야기들을 숨겨두었는데 저의 미숙함으로 충분히 풀어내지 못했습니다. 두고두고 이 미안함과 아쉬움을 간직할 것 같습니다.

Q _ 스타 등용문이라 할 만큼 〈학교〉 시리즈에 나온 배우들이 톱스타로 성장하는 경우가 많았습니다. 이번 시즌에 출연한 배우들의 캐스팅 기준 및 그들의 향후 미래를 점쳐본다면?

A_ 제작 발표회 때 이 배우들이 향후 10년 동안 한국 드라마를 끌고 갈 주역들이라고 소개했습니다. 그리고 다행히도 김소현, 남주혁, 육성재는 이 작품으로 많은 사랑을 받았고 청춘스타로 성장할 수 있는 가능성과 매력을

충분히 보여주었습니다. 앞으로 다양한 작품을 만나면서 이들은 분명히 더 좋은 연기자로 성장해나갈 것입니다.

또한 조수향, 김희정, 이초희, 이다윗은 팔색조 같은 변신을 하면서 시청자들에게 더욱 그 존재감을 알릴 것입니다. 제작 발표회 때 던졌던 말처럼 이 배우들이 성장하는 모습을 지켜보는 것도 시청자들과 저의 기쁨일 것입니다.

Q_ 한마디로 나에게 〈후아유_학교 2015〉란?
A_ 16회 마지막 대본에 김민정 작가님이 〈후아유_학교 2015〉는 자신에게 첫사랑이었다고 적어 보내셨습니다. 저도 마찬가지입니다.

놓쳐버린 첫사랑.
표현은 서툴고 좋아하는 마음만 너무 앞서 결국에는 놓쳐버린
놓쳐버리고 나서도 미련이 남아서 어쩔 줄 모르는
그런 아련한 첫사랑으로 기억될 것 같습니다.

Q_ 앞으로의 계획은 어떻게 되시나요?
A_ 우리가 쉽게 얘기하는 것과 달리 청춘의 실상은 아름답지 않습니다. 치열한 경쟁과 냉정한 현실에 치여 넘어지기도 하고 알 수 없는 미래와 꿈 때문에 좌절하기도 하며, 친구 문제로, 가족 문제로 고민하고 상처받아 차마 피어나지도 못한 채 생을 마감하는 안타까운 청춘들도 있습니다.

어른이 되는 시간 속에는 여러 방울의 눈물과 견뎌냄이 필요하듯이 드라마를 만드는 과정도 그러한 것 같습니다. 그럼에도 그 혼란스러운 시간들

안에는 태양처럼 눈부신 순간들이, 평생 동안 간직해도 좋을 기억들이 있다는 걸 깨달았습니다. 그 깨달음을 기억하면서 작품을 만드는 동안 힘들었던 기억들은 하나씩 지워나가고 대신 그 자리에 새로운 욕심들을 채워나가려고 합니다.

이 작품을 준비하면서 참고로 읽었던 작품들 중에 개인적으로 욕심이 나는 원작들도 있었고 또 한편으로는 이번에는 어른들의 미성숙한 사랑 이야기를 해보고도 싶습니다. 〈후아유_학교 2015〉가 있던 자리의 아쉬움을 떠나보내면서 조금씩 연출로서의 욕심을 쌓아나갈 계획입니다.

사랑을 느끼고 또 사랑을 준
잊지 못할 첫사랑

김소현 배우

Q_ 드라마를 마친 뒤 소감은 어떤가요?

A_ 생각보다 큰 사랑을 받고 시청률도 계속 올라 너무 기쁘게 종영을 맞이했어요. 드라마는 끝났지만 아직 제 마음속에는 계속 여운이 남아 그립고 뭔가 쓸쓸해요. 그래서 OST를 무한 반복해 듣고 있어요.

Q_ 이번 드라마가 첫 주연작으로써 그 누구보다 작품에 임하는 소감이 남달랐을 듯합니다. 어떠셨는지요?

A_ 첫 주연작이기도 하고 또 처음으로 1인 2역에 도전한 작품이라서 처음에 걱정을 많이 했어요. 근데 그런 것도 초반이고 회가 지날수록 점점 재밌었어요. 물론 힘들기도 했지만 연기에 대해 더 많은 것을 생각하고 알게 되어서 너무 기뻤어요. 다른 작품보다 더 아픈 작품이기도 하고 그만큼 드라

마에 대한 애착도 커요.

Q _ 성인 연기자도 까다롭게 여기는 1인 2역을 훌륭히 소화해냈습니다. 고은별과 이은비, 너무나 다른 캐릭터의 1인 2역을 하면서 어떠셨는지요?

A _ 처음에는 은별이의 미스터리한 부분들 때문에 정보가 거의 없었어요. 그래서 나중에 둘을 같이 연기할 때 힘들지 않을까 했는데 후반부부터는 차근차근 캐릭터를 잡아와서 그런지 은별을 연기할 때 어렵긴 해도 더 과감히, 더 자유롭게 제가 하고 싶은 대로 할 수 있어서 좋았어요.

마음이 따뜻한 은비는 너무 사랑스러운 아이고 또 정이 많이 들었는지 시청자분들이 답답하다 하실 때도 전 너무 안타깝고 마음이 아프더라고요.

1인 2역은 많은 스태프분들의 땀과 노력으로 힘들게 만들어지는데요, 자연스럽게 나와서 너무 만족스럽고 뿌듯했어요. 은비, 은별 두 아픈 친구가 같이 나오니까 짠하고 감격스러웠어요. 그 두 친구를 제가 연기할 수 있어서 너무 영광이었어요.

Q _ 다른 분위기를 가진 남주혁, 육성재 두 남자 배우들과의 호흡은 어땠나요? 그리고 현실에서 두 남자 중 고르라면 누구를 선택하시겠습니까?

A _ 두말할 것 없이 너무 좋았어요! 주혁 오빠, 성재 오빠랑 빨리 친해지기도 했고 너무 재밌게 찍었어요. 이안이, 태광이에게 정이 많이 들었어요. 둘 중에 고르면 전 태광이요! 태광이가 마음이 무척 예뻤어요. 말 한 마디도 상대를 생각하는 마음이 그대로 들어나 감동을 많이 줬어요. 이안이도 싱그럽고 멋있지만…… 미안합니다 허허.

Q_ 내가 가장 사랑하는 명장면과 대사는 무엇인가요?

A_ 너무 많아요. 이안이에게 "난 너한테 못 가. 그러니까 네가 나한테 와주면 안 돼?"라고 말하는 장면이 은비에게는 자신이 은별이 아니라 은비라서 다가갈 수 없음을 말하는 건데 너무 슬프고 안타까웠어요. 그리고 버스 장면들은 다 좋은데, 특히 통영에서 엇갈리는 장면은 두 사람의 안타깝고 애틋한 느낌이 잘 표현되어서 좋았어요.

그리고 학교 옥상에서 태광이가 처음으로 은비라고 불러주는 장면에서는 감정이 훅 올라왔어요. 태광이 대사가 너무 마음에 와 닿아서 은비로서 눈물이 났던 것 같아요.

아! 딱 하나 더 있다면, 은비와 은별이가 집에서 처음으로 눈물 젖어 마주 보고 대화하던 장면. 너무 신기하고 이 드라마에서 가장 중요했던 것 같아요.

Q_ 촬영 현장, 잊히지 않는 순간이 있다면?

A_ 교실에서 언니, 오빠들과 촬영했던 모든 순간들이요. 너무 즐거웠거든요. 지금도 너무 그립고 다시 돌아가고 싶어요. 떠올리면 가슴이 먹먹해요.

Q_ 학교를 배경으로 한 드라마이기에 바로 본인이나 주변 이야기일수도 있는데요, 드라마를 시청한 또래 친구들에게 하고 싶은 말이 있다면?

A_ 시진이랑 민준이, 영은이를 보면서 많은 학생들이 공감하고 함께 울었을 거예요. 자신이 힘들다고 남들까지 힘들게 할 필요는 없어요. 하지만 자신의 힘든 점을 얘기하고 도움을 요청하는 건 상대를 힘들게 하는 게 아니에요. 망설이지 말고 적극적으로 이야기하고 도움을 요청하세요. 그리고 너

무 생각에만 빠져 있지 않았으면 좋겠어요. 특히 부정적인 것에 대해서만큼은요. 하루에 단 5분만이라도 "난 바보다~" 하고 미친 듯이 웃고 멍 때리는 것도 좋을 것 같아요.

그리고 친구가 도움을 요청하면 모른 척하거나 귀찮아하지 말고 정성스럽고 조심스럽게 친구의 얘기를 들어주고 다독여주고 서로 배려해주었으면 좋겠어요. 남의 일이 아니라 그 친구가 자신이라 생각하고 친구를 이해해주면 친구도 그걸 느끼거든요. 편견 갖지 말고 다가가서 얘기하고 마음을 나누어봐요.

그리고 꿈을 잊지 말고 살아요. 꿈은 소박할 수도 있고 클 수도 있지만 크기로 따질 수 없는 게 꿈을 가진 마음이거든요. 자신이 좋아하는 걸 잊지 말고 늘 간직하고 있으면 언젠가는 손에 잡히는 작은 열쇠를 발견할 수 있을 거예요. 그 열쇠로 자신의 길을 따라 하나씩 열매들을 찾아가면 돼요. 열매가 안 열릴 수도 있지만 그건 자기 것이 아닐 뿐 그보다 더 좋은 열매가 기다리고 있을 거예요. 그 과정에서 깨달은 것을 잊지 말고 기억한 채 다음 열매를 찾아가면 돼요. 그러다 보면 자신이 연 열매들이 자신의 길을 만들어놓을 거예요. 그러니 항상 자신감을 갖고 힘내요! 지금까지도 충분히 잘하고 있으니까요, 파이팅!

Q_ 여배우로서 롤모델이 있으신가요?
A_ 손예진 선배님이요. 장르 불문하고 모든지 도전하면서 자신만의 색깔로 칠해나가는 배우가 되고 싶어요.

Q _ 한마디로 나에게 〈후아유_학교 2015〉란?

A _ 첫사랑. 사랑을 느끼고 또 사랑을 준 작품이에요. 십 년이 지나 떠올려도 첫사랑처럼 아련하고 예쁘고 또 아프게 제 맘에 새겨져 있을 거예요.

Q _ 앞으로의 계획은 어떻게 되시나요?

A _ 영화 〈순정〉 촬영 중이에요. 더 좋은 모습 보여드리도록 열심히 찍겠습니다.

또 다른 가능성을 발견한
내 생애 잊지 못할 시간

육성재 배우

Q _ 드라마를 마친 뒤 소감은 어떤가요?

A _ 생각보다 공태광도, 육성재도 너무 많은 사랑을 받아 하루하루가 너무
행복하고 즐겁습니다. 무엇보다 배우 육성재의 모습을 가능성 있게 봐주신
것에 대해 너무 다행이고 감사한 마음뿐입니다. 부족한 저를 예뻐해주시고
응원해주셔서 너무 감사드립니다.

Q _ 처음으로 주연을 맡아 연기를 해본 소감은 어떤가요? 공태광이라는 캐릭터
를 표현함에 있어 어려움은 없었나요?

A _ 처음으로 주연을 맡아 연기를 해보았는데 공태광이라는 캐릭터가 저랑
많이 비슷한 점이 있더라고요. 특히 장난치는 모습이 많이 닮았다고 느꼈습
니다.

또 한편으로 극중 아버지와의 대화 장면이나 화내는 감정을 표현하는 부분에서는 저의 진지한 성격과 닮아 은비와의 멜로 장면 빼고는 특별히 어렵고 힘들었던 부분은 없었습니다.

Q _ 상대 배우들과의 호흡은 어땠나요?
A _ 상대 배우들이 저보다 어리지만 어렸을 때부터 많은 연기 경험을 가지고 있고 그러다 보니까 자연스럽게 상대 연기자들의 호흡을 같이 따라가게 되더라고요. 지금까지는 비중이 크지 않았는데 이번 드라마에서 비중 있는 역할을 하면서 많이 배웠어요. 상대방의 감정을 전달받거나 제가 상대방에게 감정을 전달하는 부분에서 많이 성장한 것 같아요.

한 마음 한 뜻으로 멋진 작품을 만들기 위해 모든 분들이 수고하고 노력해주셔서 좋은 작품이 되지 않았나 싶습니다.

Q _ 극중 인물인 공태광과 비교했을 때 실제 성격과 비슷한가요? 아니면 다른가요? 구체적으로 말씀해주세요.
A _ 공태광이라는 캐릭터랑 굉장히 흡사하죠. 제가 평소에 장난도 많고. 근데 장난치는 것은 비슷하지만 제가 이성을 대할 때는 굉장히 쑥스러워하고 낯도 많이 가리고 부끄러워해서 태광이처럼 직설적으로 표현은 못해요. 그래서 반만 닮았다고 이야기할 수 있겠네요.

Q _ 비투비 멤버들이 드라마를 모니터링 해주셨나요? 그들의 반응은 어땠나요?
A _ 숙소에서 비투비 형들이 다 같이 모여서 첫 회부터 마지막 방송까지 모

니터를 해주셨어요. 다들 딱히 뭐라고 말해준 건 없는데 저를 굉장히 믿어주었어요. 굳이 말하지 않아도 잘 하고 있구나 하는 응원과 격려의 메시지를 보내준다는 걸 느낄 수 있어서 좋았고 그래서 더 힘이 되었습니다.

Q _ 앞으로도 연기를 계속 하신다면 어떤 배우가 되고 싶으신가요? 배우로서의 롤모델이 있나요?

A _ 제게 안 어울리는 역할이어도 여러 가지 모습을 보여드리는 배우가 되고 싶어요. 엄청 망가지는 폐인이나 거지 역할도 해보고 싶고 다양한 연기를 보여드릴 수 있는 배우가 되고 싶습니다.

롤모델은 이재훈 선배님도 좋아하고 이민기 선배님도 좋아해요. 이민기 선배님은 연기하실 때 자신만의 스타일이 있어요. 자기 스타일대로 편하게 하는 일상 연기든 아니면 코믹 연기든 여러 가지 다양한 모습을 보여주셔서 특히 좋아합니다.

Q _ 내가 가장 사랑하는 명장면과 명대사는 무엇인가요?

A _ 가장 사랑하는 명장면은 아무래도 은비에게 옥상에서 처음으로 이은비라는 이름을 불러주었을 때입니다. 그때 은비라는 역할을 소현이가 너무 잘 소화한 것도 있지만 제가 "하이, 이은비" 했을 때 소현이의 표정이 너무 고마워했던 것 같고 너무 감동을 받아 했던 것 같아서 그 장면이 제일 기억에 남습니다.

가장 기억나는 명대사는 "네가 이은비든 고은별이든 난 상관없어. 그러니깐 내 앞에선 아무나 해"입니다. 진실을 고백하지 못해 괴로워하는 은비를 공태광 스타일로 위로했었죠.

Q _ 촬영 현장 잊히지 않는 순간이 있다면?

A _ 드라마가 처음 3.8%라는 미약한 시청률로 시작해서 매회 신기할 정도로 시청률이 올라서 촬영 현장에서 시청률을 확인하고 배우분들과 다 같이 기뻐했던 모습이 제일 기억에 남아요. 그렇게 조금씩이라도 시청률이 계속 올라가니까 저희도 힘을 받을 수 있었고 파이팅 넘치게 연기할 수 있었습니다. 다시 한 번 고생하신 모든 스태프 여러분들과 배우분들에게 감사하단 말씀 전하고 싶습니다.

Q _ 한 마디로 나에게 〈후아유 _ 학교 2015〉란?

A _ 배우 육성재로서의 가능성을 보여줄 수 있었던 첫 시발점이 된 작품입니다. 저 육성재가 이런 캐릭터도 할 수 있다는 것을 보여줄 수 있었던 작품이자 행복한 기억들로 가득한 작품으로 오랫동안 기억할 것입니다.

Q _ 앞으로의 계획은 어떻게 되시나요?

A _ 우선은 이제 드라마가 끝났으니까 비투비 가수로서 본업에 충실하고 가수 활동이 끝나면 저를 찾아주시고 불러주시는 곳이 있다면 다시 연기에 도전해볼 생각입니다. 감사합니다.

짙은 아쉬움 속에
새로운 각오를 다지며

남주혁 배우

Q_ 드라마를 마친 뒤 소감은 어떤가요?

A_ 우선 연기적으로 부족함을 많이 느낀 작품이라 무척 아쉬워요. 100점 만점에 40점 정도. 보여줄 수 있는 게 많음에도 미처 준비가 되지 않아 제대로 한이안이라는 캐릭터를 살리지 못한 것 같아 많이 아쉬워요. 드라마가 잘 마무리되어서 성취감도 들지만 그보다 아쉬움이 좀 더 큰 것 같아요. 오늘도 드라마가 끝나지 않은 것 같아서 촬영하러 가야 할 것만 같습니다. 아직 벗어나지 못했어요.

Q_ 처음으로 주연을 맡아 연기를 해본 소감은 어떤가요?

A_ 지난해 tvN 〈잉여공주〉란 작품을 끝낸 뒤 연기 수업을 시작했어요. 몇 달 배우진 않았는데 도전하는 데 의미를 두고 〈후아유_학교 2015〉 오디션

을 봤습니다. 운 좋게 합격하고 한이안 역할을 맡게 되었다는 소식을 듣고 처음엔 많이 고민했어요. 저 때문에 드라마에 피해가 가면 어쩌나 걱정됐거든요. 하지만 주위 많은 분들이 어떻게 처음부터 잘할 수 있겠니, 자신감 있게 하라며 많은 조언과 격려를 해주셔서 그 응원에 용기를 냈어요.

Q _ 상대 배우들과의 호흡은 어땠나요?

A _ 촬영장 분위기가 정말 좋았어요. 다들 친구처럼 편하게 장난도 치고 솔직한 이야기도 나누며 진짜 학교 친구처럼 지내며 촬영했어요.

소현이가 나이가 어리다 보니 처음에는 다가가기 어려워하는 것 같았는데 서로 친해지기 위해 노력을 많이 했고 시간이 지날수록 성재, 소현이가 아닌 태광, 은비가 돼서 재미있게 촬영했습니다. 나이는 어리지만 소현이는 연기도 잘하고 성격도 착하고 순박해서 진짜 동생 같았어요. 연기 경력이나 실력으로 볼 땐 저보다 월등히 뛰어나고 배울 게 많은 친구예요. 아무리 힘들어도 힘든 내색하지 않고 무엇이든 열심히 그리고 긍정적으로 임하는 모습이 참 보기 좋았어요. 소현이뿐 아니라 성재, 수향이 누나 등 동료들의 연기를 보면서 자극을 많이 받았어요. 그들과 함께 연기할 수 있어서 좋았습니다.

Q _ 극중 한이안은 순정남으로 나오는데요, 한이안과 비교했을 때 실제 자신과 비슷한 면이 있나요? 아니면 많이 다른가요? 구체적으로 말씀해주세요.

A _ 3년 정도 사귄 친구가 있었는데 제가 많이 좋아했던 사람이라 헤어지고 나서 굉장히 힘들고 슬펐어요. 이안이처럼 한 사람을 10년이나 짝사랑할

수 있다는 건 정말 대단한 일인 것 같아요. 이안이처럼 저 역시 제 마음을 잘 드러내지 않는 편이에요.

Q_모델 활동을 하셨는데, 본인이 생각하기에 몸과 얼굴 중 가장 마음에 드는 곳은 어디인가요? 완벽해보이는데 혹시 콤플렉스가 있으신가요?
A_완벽하다고 생각하지 않아요. 그나마 마음에 드는 부분이 있다면 눈썹이에요.

사실 콤플렉스까진 아닌데 고향이 부산이다 보니 사투리와 억양이 대사할 때 나오는 것 같아 신경이 많이 쓰였어요. 대사를 칠 때는 머릿속에서 한 번 필터링하고 나서 말을 해요. 일반적인 연기를 할 때는 티가 나지 않는데 화낼 때 사투리가 불쑥 나온다고 감독님께서 지적해주셨거든요.

Q_한이안에게 수영은 그 무엇과도 바꿀 수 없는 소중한 삶의 의미였지만 단 한 사람 고은별을 위해서만큼은 그 무엇도 장애가 되지 않았는데요, 본인이 생각하는 사랑이란?
A_10년 동안 짝사랑하는 거 빼고는 연애하는 모습, 좋아하는 모습 너무나 닮은 것 같아요. 툭툭 장난치는 것도 그렇고요.

극중 고은별과 이은비를 모두 좋아했던 한이안이지만 결국엔 10년 짝사랑인 고은별이 아닌 새롭게 다가온 이은비를 택했죠. 만약 실제 저라면 어땠을까 생각해봤어요. 저도 이은비를 선택했을 것 같아요. 극중 이은비는 제 이상형에 가깝거든요. 옆에서 보살펴주고 지켜주고 싶은 생각이 들게 하는 친구였어요. 아직 드라마에 빠져 있어서 그럴 수도 있지만요.

Q_ 내가 가장 사랑하는 명장면과 대사는 무엇인가요?

A_ 제일 기억에 남는 장면은 버스에서 이안이와 은별이가 장난치면서 카톡하는 모습이에요. 좋아하는 대사는 "같이 내릴까 아니면 조금만 더 같이 갈래?"예요.

Q_ 촬영 현장, 잊히지 않는 순간이 있다면?

A_ 또래 친구들이 많다 보니 촬영장 분위기 메이커가 따로 필요 없을 정도로 좋았습니다. 상황마다 누구 하나 빠질 것 없이 다들 유쾌했고 재미있었어요. 실제 학교를 옮겨놓은 듯한 세트장에서 모두 진짜 학생이 된 것 같았어요. 짝사랑 연기를 할 때도 과거로 돌아간 기분이었어요. 그래서 모든 촬영 시간이 잊히지 않고 기억에 남을 것 같아요.

Q_ 한마디로 나에게 〈후아유_학교 2015〉란?

A_ 〈후아유_학교 2015〉를 하면서 제 자신의 부족한 부분을 절감했어요. 아쉬움이 남는 작품이지만 연기의 맛을 알게 해준 뜻 깊은 작품이라 오래오래 기억에 남을 것 같아요.

Q_ 앞으로의 계획은 어떻게 되시나요?

A_ 종영한 지 좀 됐지만 아직 이 드라마를 돌려보면서 뭐가 부족했는지, 또 어떻게 개선할 수 있을지 고민하고 있어요. 부족한 연기가 많았던 만큼 다음 작품을 위해서는 무엇을 해야 될지 그 생각밖에 없습니다. 지금은 많이 경험하고 배우는 게 먼저인 것 같아요. 많은 것들을 경험할수록 좋은 배

우가 될 수 있고, 나아가 좋은 사람이 될 수 있을 거라고 생각해요. 멜로면 멜로, 액션이면 액션, 각 장르마다 개성과 특징을 확실히 보여줄 수 있는 배우가 되고 싶어요.

치열하게 사랑하고 더 치열하게 아팠던
그래서 더 잊을 수 없는 너와 나

조수향 배우

Q _ 드라마를 마친 뒤 소감은 어떤가요?

A _ 일단 감독님과 작가님 그리고 고생하신 스태프들에게 감사한 마음이 가
장 크고요, 그동안 함께한 동료 및 친구 들과 헤어진다니 아쉬운 마음이 커
요. 다시 또 만나겠지만요. 아~ 뭔가 내가 한 작품을 해서 마무리가 되었구
나, 이제 끝이구나, 진짜 끝났구나 하는 시원섭섭한 마음도 들고요.

처음에는 진짜 학창 시절로 돌아간 것 같았어요. 또래 친구들이 많아서
진짜로 등교하듯이 재밌게 지냈거든요. 그래서 드라마가 끝난다는 생각을
해본 적이 없었던 것 같아요. 안 끝날 것만 같았었는데 막상 끝이라고 하니
'끝'이라는 단어를 듣는 게 서운하기만 해요. 다음 작품에서도 이렇게 많은
또래 친구들과 함께할 수 있을까라는 생각에 더 끈끈한 마음이 생기고 왠
지 동창회를 열어야 할 것 같은 기분도 들어요!

Q_ 이 드라마를 통해 대중에게 이름이 많이 알려졌는데 소감이 어떠신가요? 주변 사람들의 반응은 어떤가요?

A_ 강소영과 조수향. 제가 맡은 역할 이름과 제 이름이 둘 다 검색창에 오른 걸 보고 처음에는 너무 신기하고, 이게 진짜인가 싶기도 해서 갸우뚱했어요. 꿈을 꾸는 듯한 느낌이라고 많이들 말씀하시잖아요. 진짜 그런 느낌이었던 것 같아요. 사실 지금도 얼떨떨해요.

학원물이다 보니 시청자 대부분이 10대나 20대인데 지나가다 알아봐주시면 아직 어색해요. '내가 정말 인기 있는 드라마에 나왔구나', '누군가가 나를 배우로서 알아봐준다는 게 이렇게 감사한 일이구나' 이런 생각이 들어요. 또 한편으로는 다음에는 악역이 아닌 다른 역할로 알려지면 더 좋겠다는 생각도 들고요.

Q_ 상대 배우들과의 호흡은 어땠나요?

A_ 제가 아무래도 은비를 괴롭히는 역할이다 보니, 은비 역을 맡은 소현이랑 가장 많이 호흡을 했는데, 연기하면서 정말 배울 점이 많았어요. 1인 2역을 소화하기 위해 눈코 뜰 새 없이 바쁜 와중에도, 오히려 저를 더 많이 응원해주고 격려해준 고마운 동생이에요.

그리고 교실에서 자리가 앞뒤로 붙어 있던 초희 언니도 저를 많이 챙겨주었고, 성재도 서로를 흉내 내고 장난치며 친하게 지냈어요. 진짜 학교 쉬는 시간에 서로 장난치고 즐기는 분위기여서 호흡이 안 좋을래야 안 좋을 수가 없었죠.

그리고 드라마 후반부로 갈수록 더 많은 친구들과 호흡을 맞추었는데요.

비록 좋지 않은 감정을 가지고 연기를 해야 했지만 연기가 끝나면 모든 배우들이 저를 챙겨주고 걱정해주었어요. 다들 너무 고마웠어요. 정말 힘이 나고 더 열심히 해야겠다는 생각이 들었죠. 이 글을 통해 모두에게 진심으로 고맙다는 말 전하고 싶어요.

Q _ 강소영의 캐릭터가 미움을 받는 악역 캐릭터였는데 연기를 하면서 힘들진 않았나요? 캐릭터를 이해하고 소화하기 위해 특별히 고민한 지점이나 노력한 점이 있다면?

A _ 미움 받는 악역이라고 해서 역할 자체가 힘들다거나 그러진 않았어요. 캐릭터 자체로는 처음부터 제가 하고 싶었던 역할 중 하나였고, 캐스팅할 때는 시켜만 주시면 열심히 하겠다는 마음이 컸었죠.

그런데 막상 촬영에 들어가니 통영에서는 그래도 친구들이 있었는데 서울에 전학 오고 친구가 없으니 소영이가 좀 안타깝고 불쌍한 마음이 들었어요.

연기에 집중하다 보면 마음 아플 때도 많았어요. 매번 독하게 마음먹고 해야지 하고 촬영장에 가지만 연기를 하다 보면 매번 무너지더라고요. 뭐가 그렇게 힘들었는지 촬영장에서 남몰래 운 적도 있어요. 그만큼 이 캐릭터에 대한 애정이 컸었던 것 같아요. 그러다 보니 저절로 감정들이 나오고 몰입이 잘 되더라고요. 오롯이 저 혼자만 이 캐릭터를 지켜낼 수 있다는 생각에 더 끌어안으려고 했었나 봐요.

Q _ 고등학생 역할을 함에 있어 어려움은 없었나요?

A _ 처음엔 교복이 안 어울리면 어쩌나 걱정했어요. 그런데 다른 배우들이

랑 친해지고 촬영 현장 분위기가 워낙 즐거워서 정말 학창 시절로 돌아간 것처럼 해맑아지더라고요. 역할이 밝은 역할이었으면 아마 그 해맑음을 주체하지 못하고 무한 발산했을 텐데, 배역의 성격상 많이 차분해졌던 것 같아요.

그리고 솔직히 조금 유치한 상황이나 대사가 나올 때면 오글거려서 이걸 어떻게 해야 하나 고민이 되었어요. 그런데 오히려 그런 것들을 내 것으로 소화해서 대사를 하다 보니 더 맛깔 난다고 해야 하나 그렇게 표현이 되더라고요. 예들 들어 '따순이' 같은 것들은 처음에 들었을 땐 뭐지 싶었는데 나중에는 너무 입에 잘 붙어서 대본에도 없는 '따순이'가 계속 나오더라고요. 정말 재밌는 경험이었어요!

Q_ 그동안 연기생활을 함에 있어 든든한 버팀목이 되어준 존재가 있었나요? 그리고 배우로서의 롤모델이 있나요?

A_ 고등학교 때부터 연극 공부를 했었는데, 그때 저를 가르쳐주신 스승님이 계세요. 지금도 아버지라고 부르는 분인데 많이 부족하고 약한 저를 강하게 키워주셨죠. 그 당시엔 그분이 하늘이자 신과 같은 존재였어요. 한 마디 한 마디 놓치지 않고 새겨들으려고 노력했었죠. 그때 그 스승님이 많은 말씀을 하셨는데 가장 강조하셨던 것이 있었어요. 배우는 첫째도 겸손, 둘째도 겸손, 셋째도 겸손이라고 늘 입버릇처럼 말씀하셨거든요. 그 마음을 잃지 않으려고 늘 노력해요. 제가 지금은 시작하는 단계이지만 나이가 들어서 더 성장해 있을 때에도 이 말을 잊지 않고 늘 노력하는 배우였으면 좋겠어요.

롤모델은 참 어려운 질문인데, 사실 너무 대단하시고 좋으신 선배님들이 많으셔서 딱 누구라고 정하기 힘든 것 같아요. 제 상태와 상황에 따라서 어떨 때는 어떤 분의 말씀이 더 와닿고 또 어떨 때는 다른 분의 말씀이 더 와닿고 그렇게 매번 바뀌는 것 같아요.

그렇지만 연기를 처음 시작했을 때부터 지치고 흔들릴 때마다 제 마음을 다잡아준 배우가 있어요. 〈욕망이라는 이름의 전차〉라는 작품을 좋아하는데 수십 년 전에 이 작품을 하신 배우 비비안 리에요. 지칠 때마다 이 영화를 꺼내서 보곤 하는데 볼 때마다 자극이 되고 더욱 좋은 배우가 되고 싶은 열정이 생기더라고요. 롤모델이라고 하기엔 조금 거리가 멀지만 그분이 저에게 정말 많은 영향을 끼친 것 같아요.

Q _ 내가 가장 사랑하는 명장면과 대사는 무엇인가요?

A _ 매 장면이 다 애정이 가요. 등장은 많지 않았어도 나올 때마다 임팩트를 줘야 했고 대부분 감정 장면이어서 힘들더라고요. 그중에서도 꼭 고르라고 한다면 은별이가 사실은 은비라는 것을 소영이가 알아채는 장면과 마지막에 소영이가 아빠에게 혼나고 오열하는 장면이에요.

소영이가 세강고로 전학 온 후 은별을 보고 나서 눈빛 하나, 말투 하나만 가지고 은비라는 사실을 알아채는 장면은 제가 봐도 소름이 끼치더라고요. 말이 안 될 수도 있지만 그걸 말이 되게 하는 게 배우의 몫이기에 비밀을 알아챈 순간의 표정이나 눈빛을 잘 표현하기 위해 고민을 많이 했었어요. 소현이도 너무 잘해줬고 저도 고민하고 노력한 부분들이 있었기에 그 장면이 납득될 수 있게 표현된 것 같아요.

그때 대사가 아직도 기억이 나는데요. "이은비, 오랜만이다" 이 대사는 현장에서 만들어졌어요. 뭔가 하나가 더 필요했는데 감독님이 뭐가 좋겠냐고 물어보셨어요. 제가 별 생각 없이 툭 던진 대사가 그거였는데 감독님이 너무 좋아하시더라고요. 그 대사를 시청자들도 많이 기억해주시는 것 같아요. SNS에 패러디한 영상이나 사진을 볼 때면 그때의 기억이 떠오르면서 뭔가 뿌듯한 마음이 들어요.

그리고 마지막회에서 소영이가 오열하는 장면은 정말 기억에 많이 남아요. 역할의 성격상 울고 싶어도 울지 못하고 계속 참느라 안에 응어리가 많이 쌓였었거든요. 그런데 대본에 오열하는 장면이 있는 걸 보고 너무 좋았어요. 이제 나도 내 아픔을 꺼내도 되는구나 하는 생각에 펑펑 운 것 같아요. 여한 없이 계속 울었는데 한 번 울기 시작하니까 그 다음 신, 다음 날 또 다른 신에서도 계속 눈물이 나더라고요. 울면 다 풀릴 줄 알았는데 그것보다 더 많이 쌓였었나 봐요.

Q _ 촬영 현장, 잊히지 않는 순간이 있다면?
A _ 아무래도 제일 마지막 장면을 찍을 때인 것 같아요. 소영이가 은비에게 차마 미안하다는 말을 못하고 펑펑 우는 장면이 있었는데 그 장면이 다 끝나고 감독님 얼굴 그리고 소현이 얼굴을 보는데 화면에 나온 것보다 더한 울음이 터져 나오더라고요. 스태프분들과 소현이는 아직 분량이 남아 있었기 때문에 울음을 참으려고 했는데 저는 주체가 안 되서 꺼이꺼이 울었어요. 미안하다고 끝까지 말하지 못한 소영이의 마음처럼 끝까지 좋게 정리가 되지 못한 게 슬프기도 했던 것 같아요.

또 강소영 역을 연기하면서 힘들게 간신히 버텨왔던 마음이 우르르 쏟아져 나왔던 것 같아요. 감독님의 따뜻한 포옹과 "잘했어, 수고했어"라는 말씀에 가슴이 벅차기도 했고요. 이런저런 복합적인 감정이었겠죠? 그때를 생각하니 지금도 마음이 찡하네요.

Q _ 한마디로 나에게 〈후아유_학교 2015〉란?
A _ 잊지 못할 애증의 첫 작품?! 하하, 너무 힘들었지만 그만큼 캐릭터를 온몸으로 사랑했고 치열하게 연기했던 작품으로 기억에 남을 것 같아요.

Q _ 앞으로의 계획은 어떻게 되시나요?
A _ 일단 잠깐의 휴식을 갖고 싶어요. 강소영 역할을 하면서 제가 진짜 나쁜 애가 된 것 같은 느낌도 들고 잘못한 것도 없는데 죄책감이라든가 외로움, 우울감이 많이 오더라고요. 주변에서는 그만큼 연기를 잘한 거라고 칭찬해주시는데 제가 아직 캐릭터에서 헤어 나오질 못했는지 제 자신을 찾는 시간이 필요한 것 같아요. 가족들과 친구들과 맛있는 것도 먹으러 다니고 핫플레이스도 찾아다니면서 힐링하고 싶어요. 제가 먹는 걸 좋아해서 맛있는 거 먹으면 기분 전환이 되거든요.

그리고 가장 중요한 건 지금은 더 열심히 연기해야 하는 시기라고 생각하기 때문에 무조건 열심히 하고 싶어요. 제가 그토록 바라던 일이었으니까 늘 겸손한 마음 잊지 않고 더 좋은 작품에서 더 진실된 모습으로 감동을 드리고 싶어요.

마지막으로 감사한 분들께 마음을 전하고 싶어요! 우선 함께 고생한 스태프분들, 배우분들 정말 고생 많으셨습니다. 그리고 감독님들과 작가님들 아무것도 모르는 저를 믿어주셔서 정말 감사합니다. 그리고 시청자분들 마음 아프게 해드려서 괜히 죄송하고요. 그럼에도 불구하고 저를 응원해주시고 격려해주신 팬분들께 사랑한다는 말 전하고 싶습니다. 엄마, 아빠, 언니, 오빠 더할 나위 없이 사랑하고, 마지막으로 저와 함께 웃고 울어준 이상훈 대표님 감사합니다.

making photo

출연 김소현 남주혁 육성재 이필모 이다윗 김희정 이초희 조수향 전미선 이대연 전노민 김정난 정인기 김세아 조덕현 정재은 이희도 신정근 정수영 이시원 박두식 유영 장인섭 김보라

극본 김민정 김현정 임예진 **연출** 백상훈 김성윤

책임프로듀서 정성효 **프로듀서** 이건준 윤재혁 **제작** 한성호 **제작총괄** 오환민 **제작이사** 한승훈 **제작프로듀서** 황라경 한소진 **기획프로듀서** 신문정 **라인프로듀서** 박소정 **마케팅총괄** 최충훈 **마케팅프로듀서** 윤정욱 김이랑 **제작행정** 김준영 김세훈 **촬영감독** 이민웅 오재상 엄준성 문창수 **조명감독** 이창범 유필수 원창연 **미술감독** 이철호 **편집** 최중원 **음악감독** 강동윤

5D A팀 김광수 B팀 남형길 **촬영1st A팀** 김민석 B팀 권순재 **포커스 플로워** 윤태훈 정민훈 **촬영팀** 조대현 이기언 양원호 박수민 이재현 박효진 **데이터매니저** 정래경 문정찬 **조명 A팀** 임종호 B팀 김남성 **조명1st A팀** 이범성 B팀 김대진 **조명팀** 문성관 남상웅 박준혁 임민채 박종현 이성무 음두현 고명훈 조동혁 남기영 임근상 **발전차 A팀** 강민철 B팀 배규조 **동시녹음 A팀** 우민식 B팀 옥승훈 **동시녹음팀** 김주환 이민수 나경운 장유일 **장비 A팀** 노용환 오재득 B팀 나상준 백준걸 김원 **무술감독** 홍상석 이병진 **무술지도** 이봉근 고상현 서인보 김현이

미술제작 KBS아트비전 **미술팀** 홍은아 최진훈 **세트제작** ㈜아트인 **세트총괄** 송종태 **세트제작** 남궁웅태 김승리 **세트장치** 박성철 이상군 김형수 최병덕 **세트장식** 김한 우명훈 **세트작화** 김홍현 홍창도 **대도구진행** 윤정한 **장식팀** 명재현 안지환 최상빈 **인테리어** 한진구 김이슬 **특수효과** 송석문 박인환 성희경 고기환 **의상팀** 이진영 류진영 **의상디자인** 이혜진 **분장/미용** 메이크업스토리 최경희 **분장** 김한미 한미지 **미용** 오라영 최상미

KBS홍보 이병기 조은경 **외주홍보** 와이트리컴퍼니(노윤애 장민정 진은정 장애성) **온라인홍보** KBS미디어 **콘텐츠기획** 차유미 **웹디자인** 박진규 **웹운영** 이아란 **포스터사진** 맹정렬 **포스터디자인** 배소미 **현장스틸** 임효선 **현장메이킹** 이구연 **편집어시스턴트** 고경란 차현지 **제작편집 감독** 김충열 **제작편집 C.G** 조정민 **음악효과** 고성필 **사운드디자인** 서홍식 **음향효과** 박종천 배윤영 간재원 임소연

OST 제작 심엔터테인먼트(심정운 최명규 송동운) **타이틀디자인** 최우영(fort no. D9) **타이틀** 주현수 베리투머치 **특수영상** 주현수 조용상 김한기 이근도 김서진 김현규 **컬러리스트** 김현수 **헬리캠** 촬영하는 사람들(김성진 안정희) **보조출연** 에이스픽처스(이경락 강호원) **캐스팅** 정치인 심원보 **아역캐스팅** TI 박소영 **스탭버스 A팀** 박병철 **B팀** 이승용 **진행차량** ㈜미디어월드 김연하(연출 봉고 A팀 임상빈 B팀 이한열, 카메라 봉고 A팀 강한희 B팀 김주태, 제작봉고 A팀 유원준) **특수차량** 올댓카 서태정 **렉카** 가나렉카 강대윤 **대본인쇄** 슈퍼북 한동민

취재작가 안혜신 **섭외** 고영두 배형권 SCR 박은빈 박경아 FD 김수광 오세규 이수진 김근호 송민경 김동훈 **조연출** 강민경 이정혁 최동숙